国学经典

西京杂记译注

吕壮 译注

上海三联书店

图书在版编目（CIP）数据

西京杂记译注 / 吕壮译注．—2 版．—上海：
上海三联书店，2018.9
ISBN 978-7-5426-6368-9
Ⅰ．①西… Ⅱ．①吕… Ⅲ．①笔记小说－小说集－中国
－西汉时代②《西京杂记》－译文③《西京杂记》－注释
Ⅳ．① I242.1

中国版本图书馆 CIP 数据核字（2018）第 138195 号

西京杂记译注

译　　注／吕　壮
责任编辑／程　力
特约编辑／苑浩泰
装帧设计／Metis 灵动视线
监　　制／姚　军
出版发行／上海三联书店
（201199）中国上海市都市路 4855 号 2 座 10 楼
邮购电话／021－22895557
印　　刷／三河市祥达印刷包装有限公司
版　　次／2018 年 9 月第 2 版
印　　次／2018 年 9 月第 1 次印刷
开　　本／640×960　1/16
字　　数／95 千字
印　　张／21

ISBN 978－7－5426－6368－9/I·1417

定　价：27.80元

目录

卷　二

卷　三

卷　四

卷　五

卷　六

前　言

《西京杂记》是一部记载西汉故事的笔记小说。因为该书所记均是西汉故事及传闻逸事，所述庞杂，且西汉国都长安被称为“西京”，故得名《西京杂记》。

最早引用《西京杂记》一书的是南北朝时期殷芸所编的《小说》。与殷芸同一时期的贾思勰在其所著《齐民要术》一书中，也引用数条《西京杂记》的故事。由此可知，《西京杂记》成书当在南北朝之前。东晋葛洪在《西京杂记》书后跋语中记载，他家中曾藏有西汉刘歆撰写的《汉书》一百卷。刘歆当时想编著《汉书》，但书未成他就去世了，书最终也没有定稿，只留下杂记西汉史事的草稿。后人根据刘歆草稿编成了一百卷，就是葛洪家藏有的这部书。葛洪将此书与班固《汉书》相对照，发现班书全部抄自刘书，班固舍弃的，只有两万多字。葛洪将这两万多字编次成书，取名《西京杂记》，希望补充《汉书》的缺漏。由此可知，刘歆应为《西京杂记》的原著者，葛洪为《西京杂记》的编著者。不过，虽然葛洪已经讲明该书成书过程，但是后来他的这段文字还是引起后人的质疑，认为《西京杂记》是葛洪托名之作。自唐以后，关于《西京杂记》作者的争论更是愈演愈烈，有“刘歆说”“葛洪说”“吴均说”等诸多说法，至今仍没有一个确切的答案，但目前仍以“葛洪说”较有影响力。

《西京杂记》内容多记西汉故事，“上及帝王将相，下及士农工商，乃至宫女僮隶，事涉典制礼仪，天文地理，宫室苑囿，草木虫鱼，奇珍异宝，风俗民情，还包括诗赋词曲，文论书函和秘闻趣事，采摭宏富，令人叹为观止。”（《西京杂记》，周天游校注，三秦出版社，长安史记专刊本，2006 年版）虽然其中内容大多荒诞不经，但仍具有较高的史学价值，是我们研究汉代社会生活的重要书籍。另外，书中的一些典故如“昭君出塞”“凿壁偷光”等，对后世词曲、小说的创作都产生了一定的影响。

《西京杂记》版本流传较为复杂，现存版本有几十种，而卷数也不尽相同，有一卷本、两卷本、六卷本等差异。据考证，此书两宋时期由两卷分为六卷，六卷本遂成通行形式。今人点校，多以六卷本为基础。目前较早的六卷本有明嘉靖元年沈氏野竹斋刊本、明嘉靖十三年黄省曾刻本以及明嘉靖三十一年孔天胤刊本等。其中野竹斋本年代最早，黄刻本和孔刻本价值较高。

当前常见的关于《西京杂记》的点校本以及译注本也有很多，主要有罗根泽先生注本，程毅中先生点校本，向新阳、刘克任先生点校本，成林、程章灿先生译注本，周天游先生校注本等。本书在翻译注释过程中，对上海古籍出版社的点校本、贵州人民出版社的全译本以及三秦出版社的点校本，参考较多，尤其是三秦出版社周天游先生的校注本，让我获益良多，在此对各位先生表示感谢。如果说本书有什么值得赞许的地方，那也是在各位先生潜心研究的基础之上取得的。另外，由于本书体例所限，不能对引用的成果一一注明，在此表示歉意。

作为普及读本，本书借鉴了上述学者的许多成果，但也突出了自己的特色，一方面侧重于对书中涉及的大量的人物、地理、典章制度的注释，尤其重视对历史背景的注释，让读者在阅读本书的过程中，对西汉历史有一定的认识；另一方面，本书在注释方面也注意到了对文言常见字词以及语法知识的介绍，译文也尽量追求浅显易懂。当然，由于本人才识浅薄，是否能够达到所期望的目标，尚待读者检验。

吕壮

2013 年 3 月 10 日

卷一

一　萧何营未央宫

汉高帝七年[①]，萧相国营未央宫[②]。因龙首山制前殿[③]，建北阙[④]。未央宫周回二十二里九十五步五尺[⑤]，街道周回七十里。台殿四十三[⑥]：其三十二在外，其十一在后宫[⑦]。池十三，山六，池一、山一亦在后宫。门闼凡九十五[⑧]。

注释

①汉高帝七年：公元前200年。汉高帝，指汉高祖刘邦（前256—前195），秦末沛县丰邑（今江苏省徐州市）人，西汉开国皇帝。秦二世元年九月，在沛县响应陈胜、吴广起义，称沛公，后投奔项梁起义部队。公元前206年率先进入关中，进抵霸上，秦王子婴投降，秦朝灭亡。后被项羽封为汉王，占据巴蜀及汉中一带。最终经过四年的楚汉之争，打败项羽，建立汉朝。

②萧相国：萧何（？—前193），沛县人，西汉初期杰出政治家，汉高祖刘邦的重要谋士。刘邦被封为汉王之后，封萧何为丞相。高祖十一年，因吕后用萧何计诛杀韩信，故改称相国，以示优宠，后世称为萧相国。营：建造、修建。未央宫：西汉皇家宫殿，遗址在今陕西省西安市西北马家寨

一带，与长乐宫、建章宫同为汉代长安三大宫殿建筑。汉高祖初居长乐宫，晚年居于未央宫。汉惠帝即位后，开始成为主要宫殿，是西汉皇帝日常起居和办公的场所。

③因：依、顺着。龙首山：又称龙首原，在今西安市城北，古长安城在其北坡。制：造，修造。前殿：未央宫的正殿，刘邦曾在此大会群臣，后为西汉举行重大典礼和朝会的场所。

④北阙 què：宫殿北面的门楼，此处指未央宫的正门，是发布命令以及通告赏罚的地方，汉代官员亦在此等候朝见或上书奏事。

⑤周回：一周、一圈。里、步、尺：此为西汉长度单位，与现在的稍有不同。

⑥台殿：泛指亭台楼阁等建筑。

⑦后宫：在皇宫后部，皇帝后妃居住之处。

⑧闼 tà：泛指小门，此处指宫中的小门。

译文

汉高祖七年，相国萧何（奉诏）修建了未央宫。顺着龙首山的山势修建前殿和北阙。未央宫周长二十二里九十五步五尺，里面道路的总长度有七十里那么长。宫里有台殿四十三座，其中三十二座在外面，十一座在后宫。有水池十三口，小山六座，其中有一口水池和一座小山在后宫。宫中大门和小门一共有九十五个。

二　昆明池

武帝作昆明池[①]，欲伐昆明夷[②]，教习水战。因而于上游戏养鱼，鱼给诸陵庙祭祀[③]，余付长安市卖之[④]。池周回四十里。

注释

①武帝：即汉武帝刘彻（前156—前87），前140—前87年在位。在位期间，对内发展经济，对外通使西域、反击匈奴，西汉国力在他统治期间达到极盛。昆明池：湖沼名，汉武帝元狩三年（前120年）开掘。汉武帝派使者通古印度而为昆明夷所阻挠，于是开掘此湖，欲训练水军以前往征伐。湖旁有众多馆阁楼舍，也是当时泛舟游玩的地方，唐宋以后干涸。

②伐：讨伐。昆明夷：古部族名，指两汉时期分布在云南省滇池一带的一支少数民族，曾建立过一些小国。夷，先秦时期对东方各少数民族的统称，后泛指中原地区以外的各民族。

③给：供给。陵庙：古代帝王的坟墓以及祭祀祖先的宫室，或指帝王陵墓旁的宗庙。

④市：集市。汉代长安城居住区称为坊，商品交易区称为市。市、坊分离，所有的商品交易都在市

中进行。

译文

汉武帝修建昆明池，准备用来教习士兵水战，讨伐昆明地区的少数民族。后在水里嬉戏养鱼，鱼在供陵寝和宗庙祭祀之余，还可以拿到长安的市场上卖掉。昆明池周长有四十里。

三　八月饮酎

汉制：宗庙八月饮酎[1]，用九酝太牢[2]，皇帝侍祠[3]。以正月旦作酒[4]，八月成，名曰酎，一曰九酝，一名醇酎。

注释

①宗庙：此处指古代帝王、诸侯祭祀祖先的场所。饮酎 zhòu：用新酒祭祀宗庙。酎，经过多次酝酿而成的醇酒。因酒味醇厚，所以被先用来祭祀宗庙。

②九酝 yùn：经过多重酿造的美酒。九，概数，多数或多次。太牢：古代帝王祭祀时，牛、羊、猪三者俱备为“太牢”。因为圈养动物的地方称为牢，所以用牢来代指这些祭祀牲畜。后专指牛为太牢，羊为少牢。

③侍：服侍，侍奉。这里是主持的意思。

④正月旦：正月初一。

译文

汉代的制度：宗庙每年八月要用新酒祭祀祖先，用经过多次酝酿的醇酒和牛羊猪三种动物为供品，皇帝亲自主持祭祀。新酒从正月初一开始制作，八月酿成，称作酎。还有一种说法，即这种酒经过多次酿造，又叫醇酎。

四　止雨如祷雨

京师大水[1]，祭山川以止雨[2]。丞相、御史、二千石祷祠[3]，如求雨法。

注释

①京师：古代帝王居住的地方，这里指西汉都城长安。

②祭山川：古人认为山川皆有神灵，所以经常祭祀山川以祈求国泰民安。

③丞相：我国古代王朝最高行政长官的统称，帮助皇帝处理国家政务，亦称宰相、相国。御史：官名，西汉称御史大夫，位仅次于丞相。秦始皇初设此职，负责监察百官，代表皇帝接受百官奏事，并管理国家重要图册、典籍等。西汉时期，御史大夫与丞相、太尉合称三公。二千石：此处代指高级官吏。汉代九卿以及郡守等俸禄等级都是两千石，因此用两千石代指这些高级官员。祷祠：祈祷祭祀。

译文

京都长安城发大水，要祭祀山川来祈祷雨停。丞相、御史大夫和俸禄达到两千石的官员都要去祷告祭祀，方法和求雨时的一样。

五　天子笔

天子笔管①，以错宝为跗②，毛皆以秋兔之毫③，官师路扈为之④。以杂宝为匣⑤，厕以玉璧、翠羽⑥，皆直百金⑦。

注释

①天子：古代因皇帝自称代理上天治理人民，所以称为天子。笔管：笔杆。

②错宝：指在器皿上镶嵌金银或者宝石。错，古代一种特殊的装饰工艺，即在金属器或者犀角、象牙制品上的槽中描刻或镶嵌金银、宝石等珍贵物品。跗fū：物体的末端。这里指笔帽。

③秋兔之毫：秋天兔子身上的毛。毫，动物身上细长且末段尖锐的毛。秋天兔子刚换毛，新毫细长而尖锐，有弹性，制笔最佳。

④官师：汉代官府中具体负责制笔的工匠。路扈：人名，生平事迹不详。为：做。

⑤杂宝：各种宝石。匣：盒子，这里指装笔的盒子。

⑥厕：间杂、混杂。翠羽：翡翠的羽毛。翡翠，鸟名，出自南方，羽毛有蓝、绿、赤、棕等色，鲜艳而有光泽，可做装饰品。另有一种翠鸟，羽毛多为翠绿色，也可用于装饰。

⑦皆：都。直：同“值”，价值。百金：虚指，形容价值很高。古文中“百金”“千金”多用来形容器物名贵，并非实指。

译文

天子用笔，笔帽上镶嵌着金银和宝石，笔毫都用的是秋天兔子身上的毛，由官府专门的制笔工匠路扈来制作完成。装笔的盒子上也混杂着各种宝石，内部用玉璧和翡翠的羽毛来装饰，这些价值都相当高。

六　几被以锦

汉制：天子玉几①，冬则加绨锦其上②，谓之绨几。以象牙为火笼③，笼上皆散华文④。后宫则五色绫文⑤。以酒为书滴⑥，取其不冰⑦；以玉为砚⑧，亦取其不冰。夏设羽扇⑨，冬设缯扇⑩。公侯皆以竹木为几⑪，冬则以细罽为橐以凭之⑫，不得加绨锦。

注释

①几 jī：小或矮的桌子，用来置物、凭靠或者休息，常置于席上、榻上或床上。

②绨 tí 锦：古代一种厚实光滑、彩色而有花纹的丝织品。

③火笼：古代一种笼状用于取暖、熏衣被的器具。

④散：散布。华文：同“花纹”。

⑤绫：一种有花纹的丝织品。

⑥书滴：磨墨时用的水滴。

⑦冰：此处名词用作动词，结冰、上冻。

⑧砚：砚台。

⑨羽扇：指由鸟的羽毛制成的长柄大扇，为宫廷仪仗之一。

⑩缯 zēng 扇：用丝织品制作而成的屏障。缯，丝织品的总称。

⑪公侯：我国古代的爵位，分公、侯、伯、子、男五等。这里指达官贵人。

⑫罽jì：一种毛织品。橐tuó：口袋的一种，两端不封口，此处指用来罩在竹木几上的织物。

译文

汉代的制度：皇帝用的玉几，冬天要在上面铺上厚滑光亮的彩色丝锦，称作"绨几"。用象牙做成火笼，火笼上布满花纹。后宫嫔妃们用的火笼上面则散布着仿彩色绫布的花纹。皇帝用酒当水滴研墨，因为酒不易结冰；用玉做砚台，也是因为它不易结冰。夏天的时候要置备长柄羽扇，冬天则置备丝织的屏障。王公大臣都用竹木为几，冬天就用精细的毛织品做成口袋套在几上倚靠，不允许在几上使用皇帝才能使用的那种彩色丝锦。

七　吉光裘

武帝时，西域献吉光裘①，入水不濡②。上时服此裘以听朝③。

注释

①西域：汉代称玉门关以西，巴尔喀什湖以东及以南的广大地区为西域。西域在汉代有许多小国，受到匈奴的控制，张骞在汉武帝时期首次出使西域，沟通了汉朝与西域各国的联系。汉宣帝时开始设立西域都护管理此地。吉光裘：用神兽“吉光”皮毛制作而成的皮衣。吉光，传说中的一种神兽。裘，皮衣。

②濡 rú：沾湿。

③上：皇上，这里指汉武帝。服：穿。听朝：帝王上朝处理政事。

译文

汉武帝的时候，西域向汉朝进献吉光裘。这件裘袍放入水中也不会被浸湿。汉武帝上朝听政时经常穿着它。

八　戚夫人歌舞

高帝戚夫人善鼓瑟击筑①。帝常拥夫人倚瑟而弦歌②，毕，每泣下流涟③。夫人善为翘袖折腰之舞④，歌《出塞》《入塞》《望归》之曲。侍妇数百皆习之，后宫齐首高唱，声入云霄。

注释

①戚夫人：汉高祖刘邦的宠姬，赵王如意的母亲。汉高祖认为吕后之子刘盈性格懦弱，而如意性格很像自己，所以常常想废掉刘盈而立如意为太子，后因大臣反对而作罢。但却招致吕后对戚夫人母子的嫉恨。高祖死后，戚夫人立刻遭到吕后的残害。鼓：动词，弹奏。瑟 sè：古代一种弦乐器，形似古琴，通常有二十五根弦。击：敲击、敲打。筑：古代一种击弦乐器，形似古琴，今已失传。

②倚：随着、合着。弦歌：跟着琴瑟之声歌唱。

③泣：眼泪。流涟：悲戚落泪的样子。高祖数次欲立如意为太子，均因大臣激烈反对而作罢，故时常悲戚。

④翘袖折腰：举起袖子弯下腰，这里描述跳舞的姿态。

译文

汉高祖的宠姬戚夫人，擅长鼓瑟击筑。高祖常常拥着戚夫人，随着瑟、筑的伴奏而歌唱。每唱罢便怆然泪下。戚夫人还擅长跳翘袖折腰的舞蹈，唱《出塞》《入塞》《望归》等曲子，数百名侍婢都学着唱，众人在后宫中齐声高歌，歌声响彻云霄。

九　弨环

戚姬以百炼金为弨环[①]，照见指骨。上恶之，以赐侍儿鸣玉、耀光等各四枚。

注释

①戚姬：即戚夫人。百炼金：经过多次锻炼而成的精金。弨 kōu 环：指环之类的装饰物。

译文

戚夫人用百炼金做成指环，（戴在手上）能够照见手指骨。高祖很讨厌这些指环，戚夫人就把这些指环赏赐给侍女鸣玉、耀光等人各四枚。

十　鱼藻宫

赵王如意年幼[1]，未能亲外傅[2]，戚姬使旧赵王内傅赵媪傅之[3]，号其室曰“养德宫”[4]，后改为“鱼藻宫”[5]。

注释

①赵王如意：即刘如意（前208—前194），刘邦第四子，生母为戚夫人。汉高祖九年由代王徙为赵王。汉高祖死后，返回封地，最后被吕后骗至长安杀害。

②外傅：古代辅导贵族子弟学习礼仪、诗书、技艺的教师。据《礼记》，古代男子年满十岁，就要随老师外出，学习为人处世的道理。此时赵王尚幼，不能外出就学。

③旧赵王：这里指张敖。汉高祖四年封张耳为赵王，张耳死后其子张敖继任赵王，娶汉高祖的长女鲁元公主为妻。后被贬爵为宣平侯。内傅：即古代贵族的幼儿教师和保姆，负责保育和教导。媪ǎo：对老年妇女的尊称。

④养德宫：宫室名，在甘泉宫中。

⑤鱼藻宫：宫室名。“鱼藻”为《诗经·小雅》中的篇名，记载周武王在镐京宴乐群臣的情景。

译文

赵王如意年纪幼小，不能够自己外出接受老师的教诲，所以他母亲戚夫人就让前任赵王的保姆，一位姓赵的老年妇女来教养他。给他居住的宫室取名为“养德宫”，后来又改成“鱼藻宫”。

十一　缢杀如意

惠帝尝与赵王同寝处[①]，吕后欲杀之而未得[②]。后帝早猎，王不能夙兴[③]，吕后命力士于被中缢杀之[④]。及死，吕后不之信[⑤]。以绿囊盛之[⑥]，载以小軿车入见[⑦]，乃厚赐力士。力士是东郭门外官奴[⑧]。帝后知[⑨]，腰斩之[⑩]，后不知也。

注释

①惠帝：汉惠帝刘盈（前210—前188），西汉第二任皇帝，刘邦次子，吕后所生。性格温和柔弱，因不忍吕后惨杀赵王母子，便终日饮酒作乐，不理朝政，在位七年即去世。同寝处：一起生活起居。刘邦死后，吕后将赵王如意召至长安，欲加以谋害。惠帝将赵王接进宫中，与他一起生活起居，欲以此保护赵王。

②吕后（前241—前180）：名雉，刘邦的结发妻子。为人很有谋略，曾助刘邦铲除异姓诸侯王。惠帝死后，她临朝称制。

③夙兴：很早就起来。夙，早晨。兴，起来，起身。

④力士：有力气的人。缢：勒死，绞杀。

⑤不之信：不信之，宾语前置。

⑥绿囊náng：绿色的口袋。汉代后宫多用绿色袋子，

大小、用途不一。

⑦軿píng：四周有帷幔的车子，多供妇女乘坐。

⑧东郭门：即汉代长安城的宣平门，因位于城东，民间称之为东郭门。郭，古代在城的外围加筑的一道城墙，即外城。官奴：因本人犯罪或受他人牵连而被没入官府为奴的人。

⑨后：后来。

⑩腰斩：我国古代的一种酷刑，即以刑具将犯人拦腰斩断。

译文

（赵王如意被吕后召进长安后）汉惠帝和赵王一直一起起居，吕后屡次想杀掉他而未得。后来，有一天惠帝早晨起来去打猎，赵王不能很早起来就没有去。吕后就派大力士在被子里把赵王给勒死了。等到赵王死了，吕后还不相信。力士又用一只绿口袋装着赵王的尸首，用帷幔遮掩的小车载着入宫觐见吕后。吕后看过之后才重重地赏赐力士。力士是长安城东郭门外官府的奴仆。惠帝后来得知此事，腰斩了力士，而吕后却不知道。

十二 乐游苑

乐游苑自生玫瑰树[①]，树下多苜蓿[②]。苜蓿一名怀风，时人或谓之光风。风在其间，常萧萧然[③]，日照其花有光彩，故名苜蓿为怀风。茂陵人谓之连枝草[④]。

注释

①乐游苑：也叫乐游原、乐游园，是汉代著名的皇家园林。苑始建于汉宣帝神爵三年（前59），故址在今西安市雁塔区铁炉庙村一带，杜陵西北方。苑，古代放养鸟兽之处。

②苜mù蓿xū：植物名，又称木粟、牧宿、怀风、连枝草。原产西域，汉武帝时传入中原，主要用作牛马饲料或土地肥料，亦可入药，嫩茎可食用。

③萧萧然：草木摇动的样子。

④茂陵：地名，在今陕西省兴平市。因汉武帝陵寝茂陵在此，故得名。

译文

乐游苑里面自行长出了一株玫瑰树，树下长了很多的苜蓿。苜蓿又叫怀风，当时的人有的又称它为光风。

风吹入苜蓿中，苜蓿就摇动起来。阳光照到花朵上面，花儿便有了光彩，所以又把苜蓿命名为怀风。茂陵人则称它为连枝草。

十三　太液池

太液池边皆是彫胡、紫萚、绿节之类[①]。菰之有米者，长安人谓之彫胡；葭芦之未解叶者[②]，谓之紫萚；菰之有首者，谓之绿节。其间凫雏[③]、雁子，布满充积。又多紫龟、绿鳖。池边多平沙，沙上有鹈鹕、鹧鸪、䴔䴖、鸿䴘[④]，动辄成群。

注释

①太液池：汉代建章宫内的人工湖。汉武帝时挖掘，遗址在今西安市西北。因水面宽广，池水漫漫，故取“太液”津液滋润很广的意思，名为太液池。西汉皇帝和嫔妃们常在此游玩。彫 diāo 胡：即菰 gū 米，亦称雕胡、安胡。菰，浅水生植物，夏秋季节抽生花茎。又有不开花而嫩茎肥大的变异品种，称为茭白；开花者结籽即菰米，色白而滑，如米，可食用。紫萚 tuò：初生的芦苇，因叶子尚未张开，外表包皮呈紫褐色而得名。绿节：即茭白。

②葭 jiā 芦：芦苇。

③凫 fú：水鸟，俗称“野鸭”，似鸭，雄鸟头部绿色，背部黑褐色，雌鸟全身黑褐色。常群游湖泊中，低飞。雏 chú：本义指小鸡，这里指幼小的鸟类。

④鹈 tí 鹕 hú：水鸟。体大嘴长，嘴下有皮囊可以伸缩，捕食鱼类。鹧 zhè 鸪 gū：鸟名。主要栖息在低山丘陵地区的灌木丛、草地等处，有时也出现在农田附近的树林中，喜欢单独或成对活动。䴔 jiāo 䴖 jīng：水鸟名，即池鹭，以蛙、虫、鱼等为食。鸿鹢 yì：一种体型较大的水鸟。

译文

太液池的周围，生长的都是一些彫胡、紫萚、绿节之类的植物。菰中有米一样果实的，长安人称它为彫胡；葭芦的枝头有绿叶的，被称为紫萚；菰中有头的，被称为绿节。这些植物中间，到处都是小野鸭和野雁。又有很多的紫龟和绿鳖。太液池边也有很多平展的沙地，沙地上有鹈鹕、鹧鸪、䴔䴖、鸿鹢等水鸟，经常成群结队地飞。

十四　终南山华盖树

终南山多离合草[①]，叶似江蓠[②]，而红绿相杂，茎皆紫色，气如萝勒[③]。有树直上百尺，无枝，上结丛条如车盖，叶一青一赤，望之班驳如锦绣[④]。长安谓之丹青树，亦云华盖树。亦生熊耳山[⑤]。

注释

①终南山：秦岭山脉的一段，主峰在今西安市南。山势雄奇，草木茂盛，物产丰富，是古代长安重要的资源宝库。

②江蓠：香草名。

③萝勒：又名“罗勒”，即香菜。

④班驳：通“斑驳”，色彩杂乱错落。

⑤熊耳山：山名。此处所指山岭当在河南省西部，为秦岭东段支脉，因两峰相峙如熊耳而得名。

译文

终南山上多离合草，叶子长得像江蓠，却红绿相杂。草茎都呈紫色，气味像香菜一样。山上还有一种树，笔直向上生长，高达数百尺，却没有岔枝，树顶上枝条缠结，形同车盖，树叶一面青一面红，看上去色彩斑斓如同刺绣一样美丽。长安人称这种树为丹青树，也称之为华盖树。这种树也生长在熊耳山。

十五　高祖斩蛇剑

汉帝相传以秦王子婴所奉白玉玺[①]，高祖斩白蛇剑[②]。剑上有七彩珠、九华玉以为饰[③]，杂厕五色琉璃为剑匣[④]。剑在室中[⑤]，光景犹照于外[⑥]，与挺剑不殊[⑦]。十二年一加磨莹[⑧]，刃上常若霜雪。开匣拔鞘，辄有风气，光彩射人。

注释

①秦王子婴（？—前206）：秦始皇的孙子。秦二世三年（前207），赵高杀秦二世，立子婴为秦王，在位仅四十六天。刘邦攻克咸阳后，子婴被迫向刘邦投降，后被项羽杀害。白玉玺：秦朝传国玉玺。子婴投降时，献给刘邦。古印不分尊卑皆称“玺”，秦统一之后，规定只有天子之印才称“玺”，以玉制。

②斩白蛇剑：汉高祖斩杀白蛇的宝剑。刘邦起义之前为泗水亭长，奉命押送徒役到骊山修筑秦始皇陵墓。途中徒役逃亡很多，刘邦估计到骊山后也不会剩下多少人，于是就把剩下的人也都放了，自己也准备逃亡。当时有十几个人愿意跟随他。相传他逃亡途中经过大泽，遇有大蛇挡道，用剑将蛇斩为两段。事后曾有追随者告诉刘邦，在

蛇死处遇到一位妇人痛哭，说白帝子为赤帝子所杀。此后，刘邦“斩蛇剑”成为刘邦继承天命、据有天下的物证，也被作为宝物而代代相传。

③七彩、九华：形容色彩缤纷绚丽，颜色多种多样。“七”和“九”皆是虚数。

④琉璃：用各种颜色的人造水晶为原料，采用古代青铜脱蜡铸造法高温脱蜡而成的水晶制品。

⑤室：即剑鞘。

⑥光景：光芒，光彩。

⑦挺剑：拔出的宝剑。

⑧磨莹：磨冶。

译文

汉代皇帝将子婴投降时所献的白玉玺和高祖斩白蛇所用的宝剑代代相传。剑上用彩色的珠玉装饰，以琉璃宝石做剑盒。剑在鞘内，光芒仍能照到外面，与拔出来的宝剑发出的光芒没有两样。十二年磨砺一次宝剑，剑刃上常常像有霜雪一样发亮。打开剑盒，把宝剑从剑鞘中拔出，就现出一股剑光寒气，光彩逼人。

十六　七夕穿针开襟楼

汉彩女常以七月七日穿七孔针于开襟楼[1]，俱以习之。

注释

①彩女：即采女，汉代宫女的一种，在宫中地位比较低下。七月七日：俗称七夕，民间传说牛郎织女此夜在天河相会。这一天民间有晒经书、衣裳以及姑娘向两星穿针乞巧的习俗。七孔针：针名。开襟楼：汉代宫廷楼阁名，在未央宫。

译文

汉代的宫女常常于每年的七月初七这天在开襟楼穿七孔针，大家对此事都已经习惯了。

十七　身毒国宝镜

宣帝被收系郡邸狱[①]，臂上犹带史良娣合彩婉转丝绳[②]，系身毒国宝镜一枚[③]，大如八铢钱[④]。旧传此镜见妖魅[⑤]，得佩之者为天神所福，故宣帝从危获济[⑥]。及即大位[⑦]，每持此镜，感咽移辰[⑧]。常以琥珀笥盛之[⑨]，缄以戚里织成锦[⑩]，一曰斜文锦[⑪]。帝崩[⑫]，不知所在。

注释

①宣帝：汉宣帝刘询（前92—前49），前74－前49年在位。询为武帝曾孙，祖父刘据。刘据死后被呼作“戾太子”。汉武帝末年，与太子刘据不和的江充诬陷太子在宫中埋木偶人诅咒武帝早死，太子害怕，杀掉江充，起兵拒武帝，后兵败自杀，太子家人多遇害。刘询此时刚出生，也被抓去。“宣帝被收系郡邸狱”就是指这件事。收：逮捕。系jì：关押，拘囚。郡邸：汉代各郡设在京城的馆舍。舍中有狱，关押犯法的官吏和政府交押的犯人，多为临时关押。因为当时受巫蛊之祸牵连入狱的人太多，所以就把刘询关在郡邸的监狱中。

②史良娣：刘据的侍妾，宣帝的祖母。良娣是太子

妻妾的一种级别。合彩：织成彩色图案。婉转丝绳：古时风俗，用彩丝织成各种织带佩戴在身上，称为婉转丝绳或者长命缕等，用以避免兵祸和瘟疫。

③身 yuān 毒国：古代印度。身毒为我国古代对古印度的音译。

④八铢钱：一种秦汉时期流通的古钱币。铢，古代计量单位。

⑤见：现。个别刊本“见”前有“照”字。

⑥从危获济：宣帝在狱中时，受到廷尉监邴吉的照顾得以保全性命，后遇大赦。出狱后生活在祖母史良娣家，得到曾受恩于戾太子的掖庭令张贺的帮助，长大成人。后来，被大将军霍光等人迎立为皇帝。济，度过危难。

⑦大位：皇位。

⑧移辰：时间长久。辰，时辰，古代的计时单位，一个时辰相当于现在的两个小时。

⑨常：通“尝”，曾经。琥珀：松柏树脂的化石，常被制为饰品。笥 sì：一种盛饭或者装衣物的竹制容器。

⑩缄：束缚，封闭。戚里：汉代长安城中住宅区之一，因帝王姻亲多聚居于此而得名。织成锦：古代一种名贵的丝织物，用彩丝或金线织成花纹图案，是当时王公贵族的常用衣料。

⑪文：通“纹”。

⑫崩：古代把天子的死看得很重，常用山崩塌来比喻，故称皇帝之死为“崩”。

译文

汉宣帝被逮捕关押在郡邸的监狱中时，他的手臂上还佩戴着祖母史良娣编织的有彩色图案的婉转丝绳，上面系着一枚来自身毒国的宝镜，宝镜有八铢钱那么大。相传这枚宝镜能够照见妖魔鬼怪，佩戴它的人会得到天神的福佑，所以宣帝能够从危难中得到解救。宣帝继承皇位后，每次拿着这枚宝镜，都会长时间地感叹呜咽。他曾用琥珀装饰的竹筐装宝镜，并用戚里出产的织成锦，又有人说是斜纹锦包裹它。宣帝去世后，宝镜也不知道到哪里去了。

十八　霍显为淳于衍起第赠金

霍光妻遗淳于衍蒲桃锦二十四匹，散花绫二十五匹[1]。绫出钜鹿陈宝光家[2]，宝光妻传其法。霍显召入其第[3]，使作之。机用一百二十镊[4]，六十日成一匹，匹直万钱。又与走珠一琲[5]，绿绫百端[6]，钱百万，黄金百两，为起第宅[7]，奴婢不可胜数。衍犹怨曰："吾为尔成何功，而报我若是哉！"

注释

①霍光妻：即霍显，霍光的妻子。霍光，武帝时期反击匈奴的名将霍去病的异母弟弟。武帝去世后，霍光受命与桑弘羊等一起辅政。昭帝死后，霍光初立昌邑王，后废昌邑王而迎立宣帝。昭宣二帝时期霍光一族权倾朝野。宣帝时，霍显想送小女儿入宫为皇后，以巩固家族地位。于是就收买宫廷女医淳于衍，趁许皇后临产病重时将其害死。蒲桃锦：织有葡萄花纹的锦缎。蒲桃，即葡萄。散花绫：一种有疏略的花纹图案的彩色丝织物。

②钜鹿：西汉郡县名，治所在今河北省平乡县。陈宝光：西汉钜鹿人，其妻以擅长织绫闻名。

③第：宅邸。

④镊niè：织造部件，即织机上提综的踏板。

⑤走珠：珍珠的一种，当时南越所产，十分名贵。

琲bèi：成串的珠子。

⑥端：古代布帛的长度单位，各朝均有变化。

⑦起：修建。

译文

霍光的妻子霍显（为了感谢淳于衍），送给淳于衍蒲桃锦二十四匹，散花绫二十五匹。散花绫出自钜鹿郡陈宝光家，陈宝光的妻子继承了织造这种绫的技法。霍显把她召进自己家，让她织绫。织机上用一百二十个提综的踏板，六十天才织成一匹，每匹都价值上万钱。霍显又给淳于衍走珠一琲，绿绫一百端，钱百万，黄金百两，还为她修建宅院，宅院里的奴仆不计其数。淳于衍仍然抱怨说："我为你立了何等的大功啊，难道你就只用这些东西报答我！"

十九　旌旗飞天堕井

济北王兴居反①，始举兵②，大风从东来，直吹其旌旗③，飞上天入云，而堕城西井中。马皆悲鸣不进。左右李廓等谏④，不听。后卒自杀⑤。

注释

①济北王：刘兴居，汉高祖之孙，父亲为高祖长庶子齐悼惠王。吕后六年（前182）被封为东牟侯。在平定诸吕、迎立文帝的过程中有重大功劳，受封为济北王。后居功自傲，起兵反叛，兵败自杀。反：谋反。

②举兵：起兵造反。

③旌jīng旗：旗帜的总称。

④左右：身边跟随的人，指亲信。李廓：人名，生平不详。

⑤卒：最终。

译文

济北王刘兴居造反，刚开始准备发兵的时候，有一阵大风从东边过来，把他的军旗径直吹上天空，高入云端，最后坠落在城西的井中。战马都悲切地嘶鸣，不肯前进。刘兴居身边的亲信如李廓等人都劝谏他不要谋反，他不听，最终兵败自杀而亡。

二十 弘成子文石

五鹿充宗受学于弘成子[①]。成子少时，尝有人过已[②]，授以文石[③]，大如燕卵[④]。成子吞之，遂大明悟，为天下通儒[⑤]。成子后病，吐出此石，以授充宗，充宗又为硕学也[⑥]。

注释

①五鹿充宗：西汉著名的儒家学者，西汉梁丘氏易学派传人之一。五鹿，复姓。

②过：来访，拜访。已：有刊本作“之”。

③授：给，给予。文石：有花纹的石头。

④燕卵：燕子蛋。

⑤通儒：学识渊博、通晓世务，堪为一代宗师者。

⑥硕学：博学多闻、声名卓著的学者。

译文

五鹿充宗师从弘成子学习（儒家学说）。成子小时候，曾经有人来探访他，送给他一块有花纹的石头，有燕子生的蛋那么大。成子吞下这块石头之后，就变得非常聪明，悟性甚高，后成为学识渊博的大宗师。成子后来病重时，吐出了这块石头，把它送给了充宗。充宗吞了这块石头以后，也变成了一个博学多闻、声名卓著的学者。

二十一　黄鹄歌

始元元年[①]，黄鹄下太液池[②]。上为歌曰："黄鹄飞兮下建章[③]，羽肃肃兮行跄跄[④]，金为衣兮菊为裳[⑤]。唼喋荷荇[⑥]，出入蒹葭[⑦]，自顾菲薄[⑧]，愧尔嘉祥[⑨]。"

注释

①始元元年：公元前86年。始元，汉昭帝刘弗陵的第一个年号。

②黄鹄hú：鸟名，一种大鸟，也有人认为是天鹅。在我国古代，黄鹄被视为一种祥鸟，所以一旦有黄鹄降临皇家苑囿，都会被认为是喜庆之事，是上天对皇帝政绩的肯定，因此公卿百官都会上表庆贺，皇帝也会赏赐群臣。下：飞落在。

③建章：即建章宫，西汉宫室名，位于汉长安城西部。武帝太初元年（前104），未央宫柏梁台遭受火灾，武帝听信粤巫勇之的话，在城外上林苑中建造比未央宫更大的建章宫来镇压火灾。建章宫由三十六个宫殿组成，周匝十余公里，号称千门万户，无论规模还是内部设施，都超过未央宫。建成之后，武帝即常居于此，至昭帝时期才迁回未央宫。建章宫北即为太液池。今陕西西安存有建章宫遗址，地面部分有前殿、太液池以及一些

高大的夯土台基和建筑遗存。

④肃肃：象声词，鸟扇动羽翼时发出的声音。跄 qiāng 跄：鸟飞跃奔腾的样子。

⑤金：金色。衣、裳 cháng：古代服饰上身称为衣，下身称为裳。菊：菊黄色。

⑥唼 shà 喋 zhá：鱼或水鸟吃食时发出的声音。荇 xìng：荇菜，一种多年生水生植物，白茎，叶漂浮在水面，嫩茎可食。

⑦蒹葭：没有长穗的芦苇。

⑧菲薄：才能鄙陋。自谦之辞。

⑨嘉祥：祥瑞。

译文

始元元年，有一只黄鹄飞临太液池。昭帝作了一首歌："黄鹄飞来啊降落在建章宫，振翅飞翔啊跳跃翱翔。上身金色啊腹下菊黄，在荷花荇菜中觅食，在蒹葭中飞来飞去。我自己觉得仁德微薄、才能浅陋，愧对你来临的祥瑞。"

二十二　送葬用珠襦玉匣

汉帝送死皆珠襦玉匣[①]。匣形如铠甲[②]，连以金缕[③]。武帝匣上，皆镂为蛟、龙、鸾、凤、龟、麟之象[④]，世谓为蛟龙玉匣。

注释

①送死：给父母办理丧葬之事。珠襦 rú 玉匣：即金缕玉衣，汉代皇帝和贵族的殓服。按死者等级分为金缕、银缕、铜缕。金缕玉衣是汉代规格最高的殓服，形如铠甲，用金丝连接。当时人们迷信玉能够保持尸骨不朽，把玉作为一种高贵的礼器和身份的象征。襦，短衣袄。

②铠甲：古代将士穿在身上的防护装具，汉代时多用金属制作而成。

③金缕：金丝线。

④镂：雕刻。蛟：我国古代传说中的瑞兽，像龙，短角，会发水。鸾：传说中像凤凰一样的鸟。麟：麒麟。

译文

汉代皇帝丧葬时，都用金缕玉衣作为殓服。玉衣的形状像铠甲，将玉石一片片用金丝线串联起来。武帝的玉衣上面，（每一片）都雕刻着蛟、龙、鸾、凤、龟、麟等图案，世人称为蛟龙玉匣。

二十三　三云殿

成帝设云帐、云幄、云幕于甘泉紫殿①，世谓三云殿。

注释

①成帝：即汉成帝刘骜（前51—前7），汉元帝之子。在位期间，沉湎于酒色，宠爱赵飞燕姐妹，不理政事，导致外戚王氏专权擅政。云帐、云幄、云幕：泛指装饰有云纹图案的幕帐，但帐、幄、幕三者又有差别。甘泉：即甘泉宫，汉代宫室名，遗址在今陕西省淳化县甘泉山。原为秦朝宫室，武帝时期加以扩建，并改称甘泉宫，是汉代最大的离宫建筑群，也是汉武帝时期仅次于长安未央宫的重要活动场所。因为武帝开始在此祭拜天地，所以帷帐上才画有象征天空的云纹图案。紫殿：甘泉宫中的一个宫殿。

译文

汉成帝在甘泉宫紫殿中张设带有云纹图案的云帐、云幄、云幕，世人因此称紫殿为“三云殿”。

二十四　掖庭

汉掖庭有月影台[①]、云光殿、九华殿、鸣鸾殿、开襟阁、临池观，不在簿籍[②]，皆繁华窈窕之所栖宿焉[③]。

注释

①掖庭：宫中两旁的房舍，在未央宫中，是后妃宫女居住的地方。

②簿籍：掖庭妃嫔宫女的登记名册。汉代妃嫔共分十四等，自第二等以下，都居住在掖庭中，并且要登记造册。十四等之外，是没有职号的普通宫女，她们为后宫服役，并不为皇帝所知。不在簿籍或许就是指这些没有等级的普通宫女。

③窈窕：美好妖艳的样子。

译文

汉代时期掖庭包括月影台、云光殿、九华殿、鸣鸾殿、开襟阁、临池观等宫舍，那些还没有上掖庭名册的美丽的宫女们都居住在这里。

二十五　昭阳殿

赵飞燕女弟居昭阳殿[①]，中庭彤朱[②]，而殿上丹漆[③]，砌皆铜沓[④]，黄金涂，白玉阶，壁带往往为黄金釭[⑤]，含蓝田璧[⑥]，明珠翠羽饰之。上设九金龙，皆衔九子金铃。五色流苏[⑦]，带以绿文紫绶[⑧]，金银花镊[⑨]。每好风日[⑩]，幡旄光影[⑪]，照耀一殿，铃镊之声，惊动左右。中设木画屏风，文如蜘蛛丝缕[⑫]。玉几玉床，白象牙簟[⑬]，绿熊席[⑭]。席毛长二尺余，人眠而拥毛自蔽[⑮]，望之不能见，坐则没膝。其中杂熏诸香，一坐此席，余香百日不歇[⑯]。有四玉镇[⑰]，皆达照无瑕缺[⑱]。窗扉多是绿琉璃[⑲]，亦皆达照，毛发不得藏焉。椽桷皆刻作龙蛇[⑳]，萦绕其间，鳞甲分明，见者莫不兢栗[㉑]。匠人丁缓、李菊[㉒]，巧为天下第一。缔构既成[㉓]，向其姊子樊延年说之[㉔]，而外人稀知，莫能传者。

注释

①赵飞燕女弟：赵飞燕的妹妹。赵飞燕（？—前1），原为官婢，被赐给阳阿公主家为奴，后学习歌舞，因其体态轻盈，故称飞燕。成帝微服出访，在阳阿公主家被赵飞燕的舞姿所吸引，于是将其召入宫中。赵飞燕后来深得成帝宠幸，被立

为皇后。哀帝即位，因赵飞燕拥立有功，尊为皇太后。哀帝死后，平帝即位，赵飞燕被贬为庶人，后自杀。女弟，即赵昭仪，与赵飞燕一同进宫。入宫之后，也深得成帝的宠幸。赵飞燕被封为皇后时，她也被封为昭仪，居住在昭阳殿中。因成帝常与赵飞燕姐妹二人厮混，故成帝暴死后，朝廷内外均归罪于赵昭仪，赵昭仪也因此而自杀。昭阳殿：未央宫中的主要建筑之一，赵飞燕姊妹曾居住此殿。

②中庭：昭阳殿正殿前面的庭院。彤朱：用朱红色的漆涂地。

③丹漆：用红色的漆涂地。丹漆涂地是天子居住的宫室才能有的，赵昭仪因为深受成帝宠爱，所以使用。

④砌：即门槛。铜沓：用铜包裹在门槛的外面。

⑤壁带：墙壁上方露出的横木，因为像带子一样，所以称为壁带。釭 gāng：壁带上的环状金属物。套在横木接头部位或者中间，既起到了加固作用，又很美观。

⑥含：镶嵌。蓝田：山名，在陕西省蓝田县东，山上盛产美玉。

⑦流苏：用五彩羽毛或丝线编织成的穗子。

⑧绿文紫绶 shòu：带有绿色花纹的紫色绶带。

⑨花镊：雕刻有花的图案的铃铛。

⑩好风日：风和日丽的好天气。
⑪幡fān旄máo：旗帜，饰有旄牛尾。
⑫蜘蛛丝缕：像蜘蛛丝一样细微的花纹。
⑬白象牙簟diàn：用象牙片和竹篾编织而成的凉席。簟，竹篾席。
⑭绿熊席：用黑绿色的熊皮制作的席子。
⑮自蔽：隐藏。因为绿熊皮的毛较长，人若躺在上面，像隐藏起来一样。蔽，遮盖。
⑯歇：消散。
⑰玉镇：玉制的压席子的东西。
⑱达照：通透明亮。瑕缺：玉的斑点。
⑲窗扉：窗户。扉，门。绿琉璃：绿色的琉璃，从西方传来，十分罕见，价格也极其昂贵。昭阳殿用这么昂贵的绿琉璃作窗户饰品，可见其殿奢华之至。
⑳椽chuán桷jué：放在檩子上架屋瓦的木条。椽，圆形。桷，方形。
㉑兢栗：战栗，恐惧。
㉒丁缓、李菊：当是修建昭阳殿的工匠，生平不详。丁缓事迹下文有及。
㉓缔构：构建，营造。既：已经。
㉔其：指代不清，当是二人中的一人。姊子：姐姐的儿子。

译文

赵飞燕的妹妹居住的昭阳殿，殿前的庭院用朱红色的漆涂地，而殿上用红色的漆涂地。门槛外面都包裹着一层铜,铜上面又鎏有一层黄金。台阶用白玉做成。墙壁上方露出的横木都用金釭包裹，金釭上又镶嵌有蓝田的美玉，并且用明珠和翡翠的羽毛来装饰。壁带上面还雕刻有九条金龙，每条金龙嘴里都衔着九子金铃，铃铛下面又垂着五色的穗带。壁带上面还有带着绿色花纹的紫色绶带，下面悬挂着金银制作的铃铛，铃铛上雕有各种鲜花图案。每值风和日丽，彩旗的光彩照亮整座宫殿，清脆悦耳的铃铛声，在附近振荡。殿中还摆设着绘有图案的木屏风，上面的花纹像蜘蛛丝那么细。殿中还有白玉的几案和床，又有白色的象牙凉席，和绿熊皮制作的席子。绿熊席上的毛有二尺多长，睡觉时躲在里面，从远处都不能看到人。平时坐在席子上面，熊毛能盖过膝盖。席子上还混杂熏着多种香料，只要在这个席子上坐过，身上沾染的香味上百天也不会消散。席子四周还有四个玉镇，都晶莹透亮没有一点儿瑕疵。殿中的窗户多用绿琉璃镶嵌，晶莹透亮,连一根头发都不能隐藏。椽木上都雕有龙蛇的图案，龙蛇缠绕在椽木之间，鳞甲也雕刻得栩栩如生，看到的人没有不感觉到害怕的。负责修建昭阳殿的工匠丁缓、李菊，技艺精巧，为全国第一。昭阳殿竣工，以后，只是向他姐姐的儿子樊延年说起过昭阳殿的情况，但宫外很少有人知道此事，所以昭阳殿的（奢华）情况也没有流传开来。

二十六　珊瑚高丈二[①]

积草池中有珊瑚树[②]，高一丈二尺[③]，一本三柯[④]，上有四百六十二条。是南越王赵佗所献[⑤]，号为烽火树[⑥]。至夜，光景常欲燃。

注释

①本篇篇名，又有本作“积草池中珊瑚树”。

②积草池：汉代上林苑十池之一。珊瑚树：由珊瑚虫的石灰质骨骼聚集而成，因其形状像树枝，故称珊瑚树。色彩美丽，常被用作装饰品。

③丈、尺：古代长度单位，与现在不同。

④本：株、棵。柯：树枝。

⑤南越王赵佗（？—前137）：南越国的国王赵佗。南越，又作南粤，古越人的一支，在今广东、广西以及越南北部一带，曾建立南越国。赵佗，西汉初真定（今河北省正定县）人，秦时为南海龙川县令，后为南海尉。秦末，兼并桂林和象郡，建立南越国。汉高祖十一年（前196）受封为南越王。吕后时自称南越武帝，发兵攻打长沙边邑，文帝时重新归附汉朝。元鼎六年（前111），南越国为汉武帝所灭，在此地重置郡县。

⑥烽火：古代边防报警的烟火。因珊瑚树为红色，

枝杈四出，形如火炬，所以又被称为烽火树。

译文

上林苑积草池中有一株珊瑚树，高有一丈二尺，主干上有三个分叉的树枝，树枝上又有四百六十二个小枝条。这株珊瑚树是南越国王赵佗进献的，(因为远看像烽火所以被）称为“烽火树”。每到夜晚，珊瑚树闪闪发光，就好像要燃烧起来一样。

二十七　玉鱼动荡[1]

昆明池刻玉石为鲸鱼[2]，每至雷雨，鱼常鸣吼[3]，鬐尾皆动[4]。汉世祭之以祈雨，往往有验。

注释

①此篇篇名，他本又作“昆明池石鱼”。

②鲸鱼：一种水栖哺乳动物，外形似鱼，大小因种类不同而有差异，最大的可达三十余米。此鲸鱼石刻现存于陕西省博物馆。

③鸣吼：鸣叫。

④鬐qí尾：鱼背鳍和鱼尾。

译文

昆明池里面有一条用玉石雕刻的鲸鱼，每到雷雨的天气，鱼常常发出鸣吼的声音，鱼鳍鱼尾都摇摆起来。汉代常常祭拜它以祈求下雨，而且往往都很灵验。

二十八　上林名果异木

初修上林苑[1]，群臣远方[2]，各献名果异树。亦有制为美名，以标奇丽者[3]。

梨十：紫梨、青梨实大、芳梨实小、大谷梨、细叶梨、缥叶梨、金叶梨出琅琊王野家，太守王唐所献、瀚海梨出瀚海北，耐寒不枯、东王梨出海中、紫条梨[4]。

枣七：弱枝枣、玉门枣、棠枣、青华枣、梬枣、赤心枣、西王枣出昆仑山[5]。

栗四：侯栗、榛栗、瑰栗、峄阳栗峄阳都尉曹龙所献，大如拳[6]。

桃十：秦桃、榹桃、缃核桃、金城桃、绮叶桃、紫文桃、霜桃霜下可食、胡桃出西域、樱桃、含桃[7]。

李十五：紫李、绿李、朱李、黄李、青绮李、青房李、同心李、车下李、含枝李、金枝李、颜渊李出鲁、羌李、燕李、蛮李、侯李[8]。

柰三：白柰、紫柰花紫色、绿柰花绿色[9]。

查三：蛮查、羌查、猴查[10]。

椑三：青椑、赤叶椑、乌椑[11]。

棠四：赤棠、白棠、青棠、沙棠[12]。

梅七：朱梅、紫叶梅、紫花梅、同心梅、丽枝梅、燕梅、猴梅。

杏二：文杏材有文采、蓬莱杏东郡都尉于吉所献，一株花杂五色，六出，云是仙人所食[13]。

桐三：椅桐、梧桐、荆桐[14]。

林檎十株[15]。枇杷十株。橙十株[16]。安石榴一株[17]。楟十株[18]。白银树十株[19]。黄银树十株。槐六百四十株。千年长生树十株。万年长生树十株[20]。扶老木十株[21]。守宫槐十株。金明树二十株。摇风树十株。鸣风树十株。琉璃树七株。池离树十株。离娄树十株。柟四株。枞七株。白俞、梅杜、梅桂、蜀漆树十株[22]。栝十株。楔四株。枫四株。

余就上林令虞渊得朝臣所上草木名二千余种[23]。邻人石琼就余求借，一皆遗弃。今以所记忆，列于篇右[24]。

注释

①上林苑：苑名，西汉长安和东汉洛阳均有，此处应为西汉上林苑，是西汉重要的皇家游乐场所，故址含今陕西省西安市蓝田、长安、户县、周至一带。秦始皇三十五年（前212）营建朝宫于苑中，阿房宫就是其前殿。汉武帝时，周围扩充至三百多里，苑内放养飞禽走兽，供皇帝射猎，并建有离宫、观、馆数十处，昆明池、建章宫、太液池均在苑中。司马相如曾作《上林赋》，描述上林苑的奢华。“初建上林苑”即指汉武帝扩建上林苑之事。

②远方：边疆地区的附属国或者临近诸国。

③标：标榜。奇丽：珍奇绮丽。

④大谷：地名，在今河南省洛阳市东南，以产梨而著名。缥piǎo：原指淡青色的丝织品，这里指梨树叶。琅琊：西汉时期郡治，在今山东省诸城市。太守：官名。本为战国时期郡守尊称，西汉景帝时期改郡守为太守，为一郡最高行政长官，掌管民政、司法、军事、税赋等事务，俸禄为两千石。王野、王唐：均为人名，事迹不详。瀚海：西汉时期指贝加尔湖。东王：即神话传说中的东王公，领男仙，执掌诸仙名籍，与西王母并称，居住在东方。

⑤弱枝枣：相传西汉时期条枝有弱水，故此枣应该产自条枝弱水一带。玉门：地名，在今河西走廊西部，属玉门市，西汉废玉门关屯戍而置玉门县，因有玉门关而闻名。梬yǐng枣：即软枣，又名牛奶枣。西王枣：有书写作西王母枣，西王母是神话传说中的神仙，居住在昆仑山，此枣因出自昆仑山，故名西王枣。昆仑山：在我国西藏与新疆交接处，西起帕米尔高原东部，东至青海省境内，在中国古代神话中，昆仑山是西王母居住的地方，极具神秘色彩。

⑥榛栗：即榛子，果实如橡子，味道像栗子，所以叫榛栗。峄阳：地名，在今山东省邹城市东南。

都尉：官名，郡守之副职，掌管一郡军事。曹龙：人名，生平事迹不详。

⑦秦桃：即秦地出产的桃。秦地指秦统一之前的秦国，在今陕西、甘肃、宁夏一带。榹sì桃：即山桃，又名毛桃，小而多毛。缃：浅黄色。金城：西汉郡名，治所在今青海省民和县东南。胡桃：今指核桃，原产西域，传说为张骞从西域带回，因西域人被称为胡人，故名胡桃。含桃：樱桃的别名。

⑧颜渊李：因此李出自鲁地，故用鲁人颜渊命名。颜渊，春秋末鲁国人，名回，字子渊，是孔子门下杰出弟子之一，因德行出众而得到孔子的称赞。羌：古代西北的少数民族之一，西汉时期生活在今天的甘肃和宁夏东部，以及陕西西北部一带。燕：地名，在今河北省中西部及辽宁省南部一带，原属古燕国地区。蛮：中国古代对非中原民族的南方人的总称。

⑨柰nài：苹果的一种。白、紫、绿皆是以果皮颜色命名。

⑩查zhā：即山楂。猴查：山楂的一种，因猴子喜欢吃而得名。

⑪椑bēi：椑柹，柿的一种，果实为黑色，可用于制漆。

⑫棠：果木名。赤棠、白棠、青棠皆是以其果子颜色而命名。

⑬文杏：传自中亚，又名巴旦杏、八担杏。蓬莱：古代神话传说中东海神山之一，为神仙所居。东郡：西汉郡名，靠近渤海，太守治所在今河南省濮阳市，都尉治所在今山东省阳谷县。

⑭椅桐：即今白桐、泡桐，是制作琴瑟的良材。荆桐：当是楚地所产的桐树。

⑮林檎：果名，即沙果。

⑯橙：果木名，果实黄赤色，味酸甜。

⑰安石榴：传为张骞出使大夏国带回的石榴品种。

⑱楟tíng：即山梨，此为野生品种。

⑲白银树：以及后面的黄银树、千年长生树，均未详所指何树。

⑳万年长生树：即万年青，又名冬青树。还有一种说法为檍树。

㉑扶老木：树名，因树枝适合手杖，供老年人使用，故称扶老木。

㉒白俞：即白榆，榆树的一种，树皮为白色。

㉓余：我，此处应是葛洪借用刘歆的语气。上林令：负责管理上林苑的官吏，秩俸六百石。虞渊：人名，生平事迹不详。

㉔篇右：上文，因古人书写顺序是从右向左，故篇右即指上文。

译文

汉武帝刚开始扩建上林苑的时候，朝廷大臣和远方的藩国，都各自献上名贵的果树和奇异的树木。有的还取上一个好听的名字，来标榜果木的珍奇绮丽。

梨树共有十种：紫梨、青梨（果实很大）、芳梨（果实较小）、大谷梨、细叶梨、缥叶梨、金叶梨（出自琅琊郡王野家，是琅琊太守王唐进献的）、瀚海梨（出自瀚海以北的地方，耐寒，冬天也不枯萎）、东王梨（出自东海的岛上）、紫条梨。

枣树有七种：弱枝枣、玉门枣、棠枣、青华枣、樗枣、赤心枣、西王枣（出自昆仑山）。

栗树有四种：侯栗、榛栗、瑰栗、峄阳栗（是峄阳都尉曹龙进献的，果实有拳头那么大）。

桃树有十种：秦桃、榹桃、缃核桃、金城桃、绮叶桃、紫文桃、霜桃（下霜以后才能吃）、胡桃（出自西域）、樱桃、含桃。

李树有十五种：紫李、绿李、朱李、黄李、青绮李、青房李、同心李、车下李、含枝李、金枝李、颜渊李（出自鲁地）、羌李、燕李、蛮李、侯李。

柰树有三种：白柰、紫柰（花是紫色的）、绿柰（花是绿色的）。

查树有三种：蛮查、羌查、猴查。

椑树有三种：青椑、赤叶椑、乌椑。

棠树有四种：赤棠、白棠、青棠、沙棠。

梅树有七种：朱梅、紫叶梅、紫花梅、同心梅、丽枝梅、燕梅、猴梅。

杏树有两种：文杏（树上有花纹）、蓬莱杏（是东郡都尉于吉进献的。一株树上开的花混杂有多种颜色，每朵有六个花瓣，据说这种桃是仙人吃的）。

桐树有三种：椅桐、梧桐、荆桐。

林檎十株。枇杷十株。橙十株。安石榴一株。楟十株。白银树十株。黄银树十株。槐六百四十株。千年长生树十株。万年长生树十株。扶老木十株。守宫槐十株。金明树二十株。摇风树十株。鸣风树十株。琉璃树七株。池离树十株。离娄树十株。柟四株。枞七株。白俞、梼杜、梼桂、蜀漆树十株。栝十株。楔四株。枫四株。

我从上林令虞渊那里得到了朝廷大臣们进献上来的花草果木的名册，共有两千多种。后来我的邻居石琼向我借去看，结果全部都给弄丢了。现在我把我能够记得的种类名称，都列在上面。

二十九　巧工丁缓

长安巧工丁缓者[①]，为常满灯[②]，七龙五凤，杂以芙蓉莲藕之奇[③]。又作卧褥香炉[④]，一名被中香炉。本出房风[⑤]，其法后绝[⑥]，至缓始更为之[⑦]。为机环[⑧]，转运四周，而炉体常平，可置之被褥，故以为名。又作九层博山香炉[⑨]，镂为奇禽怪兽[⑩]，穷诸灵异[⑪]，皆自然运动[⑫]。又作七轮扇，连七轮，大皆径丈，相连续，一人运之，满堂寒颤。

注释

①巧工：技艺精巧的工匠。丁缓：成帝时期工匠，应主持营造过昭阳殿。

②常满灯：汉代灯名，因灯油常满，故称常满灯，此常满灯应是长明灯。汉代制灯的工艺相当高超，设计精巧，近些年出土很多，著名的有长信宫灯。

③芙蓉：这里指水芙蓉，即荷花。

④卧褥香炉：放在被中使用的熏香器具。

⑤房风：人名，应是汉代巧匠，生平事迹不详。

⑥法：制作方法。绝：失传。

⑦更：再，又。

⑧机环：机轮。

⑨博山香炉：汉代最为流行的熏香器具。炉盖被制作成重叠的山峰样式，炉内焚香时，便烟气缭绕，如传说中的海中仙山“博山”一般，故称博山香炉。

⑩镂：雕镂。

⑪穷：极尽，终极。

⑫自然运动：自发地转动。

译文

长安有个技艺精巧的工匠叫丁缓，曾制成一种常满灯。灯上面雕有七条龙，五只凤凰，另外还混杂有荷花、莲藕等奇异的纹饰。又制成卧褥香炉，又被叫作被中香炉。这种香炉本来是房风发明的，但后来制作方法失传了，直到丁缓的时候此技艺才又得以传承。香炉上装有一个机环，可以转动一圈，但炉身却平直不倒。因为香炉可以放在被褥之中，故以此为名。又制作有九层的博山香炉，上面镂刻有各种奇禽怪兽，极尽各种奇异灵巧之能事，而且都可以自己转动。他还曾经制作过七轮扇，有七个轮子相连，每个轮子的直径大小差不多都有一丈，相互衔接，一个人转动这个扇子，扇出来的风可以让一个屋子的人都冷得颤抖。

三十　飞燕昭仪赠遗之侈

赵飞燕为皇后，其女弟在昭阳殿遗飞燕书曰①：“今日嘉辰②，贵姊懋膺洪册③，谨上襚三十五条④，以陈踊跃之心⑤：金华紫轮帽⑥，金华紫罗面衣⑦，织成上襦，织成下裳，五色文绶，鸳鸯襦，鸳鸯被，鸳鸯褥⑧，金错绣裆⑨，七宝綦履⑩，五色文玉环⑪，同心七宝钗，黄金步摇⑫，合欢圆珰⑬，琥珀枕，龟文枕⑭，珊瑚玦⑮，马脑彄⑯，云母扇⑰，孔雀扇，翠羽扇，九华扇⑱，五明扇⑲，云母屏风，琉璃屏风，五层金博山香炉，回风扇⑳，椰叶席，同心梅，含枝李，青木香㉑，沉水香㉒，香螺卮㉓出南海，一名丹螺，九真雄麝香㉔，七枝灯㉕。”

注释

①遗 wèi：送。

②嘉辰：美好的时刻。

③贵姊：尊贵的姐姐。懋 mào：古同“茂”，盛大，引申为“喜庆”。膺 yīng：接受，承当。洪册：指汉成帝立赵飞燕为皇后的册书。

④谨：表恭敬之意。襚 suì：向别人赠送衣服。

⑤踊跃：欢欣雀跃的样子。

⑥金华：同“金花”。紫轮帽：有紫色圆边的帽子。

⑦罗：一种有细密网眼的丝织物。面衣：织于帽前用来遮面的纱巾，远行时用来遮挡风寒。

⑧褥：睡觉时垫在身体下面的东西，用棉絮、兽皮等制成。

⑨金错：一种工艺，在器物的图案、文字上描金，或用金线在器物上镶嵌成图案、文字。裆dāng：坎肩、背心之类。

⑩七宝：用多件宝物装饰的器物，不限于七宝，后泛指贵重工艺品。綦qí履：指用斜纹丝织品制成的有鞋带的鞋子。

⑪文：同“纹”。

⑫步摇：汉代妇女头饰的一种。

⑬合欢：合欢花的纹饰。圆珰dāng：耳珠。

⑭龟文枕：带有龟背纹的枕头。

⑮玦jué：半环形有缺口的佩玉。

⑯马脑：同“玛瑙”。

⑰云母：一种矿石，半透明，可分割成片。

⑱九华扇：汉宫扇名，竹制。

⑲五明扇：古代仪仗中用的一种掌扇。秦汉时期公卿士大夫都可以使用，魏晋时只限于帝王使用。

⑳回风扇：扇名，回风即旋风。

㉑青木香：即木香，多年生草本植物，香气如蜜，可供药用。

㉒沉水香：沉香的别名，香木的一种。因质地坚

硬，入水能沉，所以得名沉香。

㉓香螺卮 zhī：用香螺壳制成的酒器。

㉔九真：汉武帝平定南越后设置的九郡之一，在今越南河内以南、顺化以北地区。雄麝香：雄麝的肚脐和生殖器之间的腺囊的分泌物，干燥后呈颗粒状或块状，有特殊的香气，可以制成香料，也可以入药。

㉕七枝灯：灯盏上环立七个灯柱的灯具。

译文

赵飞燕被册封为皇后，她妹妹在昭阳殿送给赵飞燕一封书信说："今天是个美好的日子，尊贵的姐姐您喜获册封的册书，（妹妹我）恭谨地献上礼物三十五件，以表我欢喜之情：饰有金花的紫色圆边帽（一顶），饰有金花的紫色丝织面衣（一件），织成锦做的短袄（一件），织成锦做的下衣（一件），五彩花纹的丝带（一条），绣有鸳鸯的短袄（一件），绣有鸳鸯的被子（一床），绣有鸳鸯的被褥（一床），错彩镂金的坎肩（一件），七宝綦履（一双），有五彩花纹的玉杯（一个），做成同心纹饰并且用多种珠宝镶嵌的钗子（一个），黄金制成的步摇（一个），有合欢花纹饰的耳珠（一对），饰有琥珀的枕头（一个），有龟背纹的枕头（一个），珊瑚玦（一块），玛瑙彄环（一个），云母扇（一柄），孔雀扇（一柄），翠羽扇（一柄），九华扇（一柄），五明扇（一柄），云母屏风（一座），琉璃屏风（一座），五层金博山香炉（一个），回风扇（一柄），椰叶席（一张），同心梅，含枝李，青木香，沉水香，香螺卮（出自南海，又叫丹螺），九真郡出产的雄麝香（一包），七枝灯（一盏）。”

三十一　擅宠后宫

赵后体轻腰弱[①]，善行步进退[②]，女弟昭仪不能及也[③]。但昭仪弱骨丰肌[④]，尤工笑语[⑤]。二人并色如红玉[⑥]，为当时第一，皆擅宠后宫。

注释

①赵后：即赵飞燕。腰弱：腰肢纤细。

②行步：舞步。

③及：赶上。

④弱骨丰肌：体格娇弱，肌肤丰润。

⑤工：擅长。笑语：讲话微笑的表情。

⑥并：都。色：姿色。

译文

赵飞燕体态轻盈，腰肢纤弱，舞步姿态优美，进退得体，（在这方面）她妹妹赵昭仪不及她。但赵昭仪体格娇弱，肌肤丰润，讲话微笑的表情尤其令人着迷。两人的姿色都像红玉一样，是当时姿色最美的女子，都是后宫中最受皇帝宠爱的妃子。

卷二

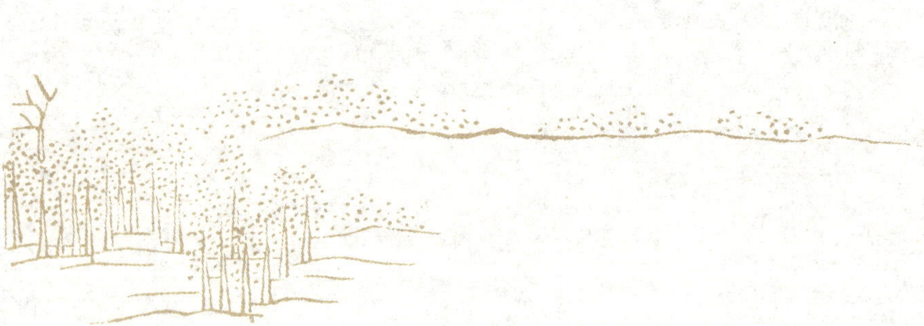

三十二　画工弃市

元帝后宫既多①，不得常见②，乃使画工图形③，案图召幸之④。诸宫人皆赂画工⑤，多者十万，少者亦不减五万⑥，独王嫱不肯⑦，遂不得见⑧。匈奴入朝⑨，求美人为阏氏⑩，于是上案图，以昭君行。及去，召见，貌为后宫第一，善应对⑪，举止闲雅⑫。帝悔之，而名籍已定⑬。帝重信于外国⑭，故不复更人⑮。乃穷案其事⑯，画工皆弃市⑰。籍其家⑱，资皆巨万。画工有杜陵毛延寿⑲，为人形⑳，丑好老少必得其真。安陵陈敞㉑，新丰刘白、龚宽㉒，并工为牛马飞鸟㉓，亦肖人形，好丑不逮延寿㉔。下杜阳望亦善画㉕，尤善布色㉖。樊育亦善布色。同日弃市。京师画工，于是差稀㉗。

注释

①元帝：即汉元帝刘奭（前75—前33），汉宣帝之子，公元前49年—前33年在位。爱好儒术，先后任用贡禹、薛广德、韦玄成、匡衡等儒生为丞相。宠信宦官弘恭、石显等人，重用外戚史氏、许氏。统治期间，赋役繁重，西汉开始由盛转衰。后宫：泛指居住在掖庭内的嫔妃宫女等。

②不得：不能够。

③画工：西汉宫廷画师。图形：绘制人物肖像。

④案图：根据人物肖像的美丑。案，同“按”，根据、依据。图，画工绘制的宫女肖像。召幸：指皇帝召唤妃嫔宫女侍寝。

⑤宫人：妃嫔、宫女的通称。赂：贿赂，赠送财物。

⑥不减：不少于。

⑦王嫱qiáng：即王昭君，西汉南郡秭归（今属湖北）人，名嫱，字昭君，中国古代四大美女之一。元帝后期被选入宫。竟宁元年（前33），匈奴呼韩邪单于入朝求和亲，昭君嫁入匈奴，被单于封为阏氏，号宁胡阏氏。呼韩邪死，又依照匈奴风俗，嫁给继任单于。自王昭君入塞，匈奴和汉朝和好，边境安定了数十年。王昭君也因带来和平而受到后人的称赞。

⑧遂：于是，就。

⑨匈奴：我国古代北方少数民族之一。战国时期活动于燕、赵、秦以北地区。秦汉之际，匈奴冒顿单于统一各部，实力强盛，统辖大漠南北。汉初，不断南下侵犯汉朝。汉高祖刘邦攻打匈奴失败以后，对匈奴采取和亲政策，选派公主嫁给匈奴，并给予一定的金银布帛，以此来缓和匈奴的攻势，为汉朝国力的恢复做准备。汉武帝时，国力强盛，开始反击匈奴，多次进军漠北，使匈奴受到很大打击，势力渐衰。汉宣帝甘露二年（前

52），呼韩邪单于归附汉朝。其后六七十年，双方经济文化交流频繁。东汉光武年间，匈奴分裂为南北二部，东汉末又分裂为五部，后与其他民族融合形成新的民族。

⑩阏 yān 氏 zhī：又称“焉提”“阏提”，匈奴单于、诸王之妻的统称或尊称。

⑪善应对：回答皇帝的问话十分恰当得体。

⑫闲雅：娴静优雅，举止从容大方。

⑬名籍：被赐出嫁匈奴人的女子的名字、名分以及诏文。

⑭重信：看重信用。

⑮更人：更换出嫁匈奴的人。

⑯穷案：彻底追查。

⑰弃市：中国古代执行死刑的一种方式。即在闹市处死，并将尸体暴露示众。从秦开始，古代执行死刑多用弃市方式。

⑱籍其家：抄没其家产，并登记入册。籍，没收入官。

⑲杜陵：汉代县名，治所是汉宣帝的陵墓所在地，在今陕西省临潼市十四里阴盘城东南。汉代皇帝即位，先选好陵墓所在地，置县，以陵墓命名，并安排一些功臣将相以及地方豪强迁居于此，以便加强中央集权，削弱地方势力。毛延寿：宫廷画师，生平不详。下文陈敞、刘白、龚宽、阳望以及樊育皆为宫廷画师。

⑳为人形：画人像。

㉑安陵：汉代县名，西汉五陵县之一，在今陕西省咸阳市东北。汉惠帝在此筑安陵，并置县。

㉒新丰：汉代县名，治所在今陕西省临潼市临潼区东北十四里阴盘城。汉高祖定都长安之后，因他父亲怀念丰邑老家，闷闷不乐，刘邦就在以前秦骊邑仿照丰地街巷筑城，并迁丰民于此。高祖七年（前200）置县，又于高祖十年改名新丰。

㉓工：精通。

㉔逮：比得上。

㉕下杜：汉代县名，又称杜城、杜县，在今西安市西南。因汉宣帝在杜县东部少陵原上营造杜陵，于是就改称杜城为下杜城。

㉖布色：调配好颜料给画着色。

㉗差稀：有所减少。

译文

汉元帝时期，后宫的嫔妃宫女已经很多了，元帝不能够每一个都召见，于是就让宫廷里的画师把她们的样貌画下来，然后根据人物样貌的美丑来召幸她们。这些嫔妃宫女们为了能被召见，就争相贿赂画师，送给画师的财物，多的有十万钱，少的也不低于五万钱。只有王嫱不肯贿赂画师，因此她也就没有被召见过。后来，匈奴呼韩邪单于到长安来觐见皇帝，并且请求元帝赐一名美女作为自己的王后。于是元帝就根据画像选了王昭君出塞和亲。等到临行召见时，发现王昭君的容貌是后宫中最漂亮的，而且对答得体，行为举止也十分从容大方。元帝十分后悔。可是出嫁匈奴人的名单以及册封的诏书都写好了，元帝看重与其他国家交往时的信用，就没有再更换人。王昭君走后，元帝让人彻查此事（发现了画工收受宫女们的贿赂），于是将这些画师都处以弃市的刑罚。抄没这些画师的家产，资产都不计其数。这些画工中有杜陵人毛延寿，善于画人物肖像，不论长相好坏，年龄大小，都画得十分逼真。安陵人陈敞，新丰人刘白、龚宽，都擅长画牛马飞鸟等动物，也擅长画人物肖像，不过赶不上毛延寿。下杜的阳望也擅长绘画，尤其擅长给画着色。樊育也善于给画着色。这些人都在同一天被杀，弃尸于市。长安城中的画师，自此以后就开始稀少了。

三十三　东方朔设奇救乳母

武帝欲杀乳母①,乳母告急于东方朔②。朔曰:“帝忍而愎③,旁人言之,益死之速耳④。汝临去⑤,但屡顾我⑥,我当设奇以激之⑦。”乳母如言。朔在帝侧曰:“汝宜速去。帝今已大,岂念汝乳哺时恩邪⑧!”帝怆然⑨,遂舍之。

注释

①乳母:又称乳娘、奶妈等。在我国古代,宫廷和贵族多雇佣乳母来哺育婴儿。因乳母与乳子之间关系密切,再加上乳母对乳子有哺育之恩,传统思想上乳子要对乳母尽孝,因此皇帝的乳母往往被封受赏,更有甚者,则仗势犯法。

②告急:危急时向别人求救。东方朔(前154—前93):字曼倩,平原厌次(今山东惠民)人。博学多闻,为人言谈幽默,智计百出,常在谈笑间向武帝直谏。最初甚得武帝宠信,拜为太中大夫,后因犯不敬罪而免为庶民,不久之后又被拜为郎中,但不受重用。辞赋以《答客难》和《非有先生论》最为著名。

③愎bì:性格乖戾、执拗。

④益:更加。

⑤汝：你。临：将要，快要。去：去受刑。

⑥但：只要。顾：回头看。

⑦设奇：安排奇妙的计谋。激：刺激、激将，令他回心转意。

⑧乳哺：喂养。

⑨怆然：悲伤、悲恸。

译文

（汉武帝的乳母犯了罪）武帝要杀掉乳母，乳母赶紧向东方朔求救。东方朔说："皇帝这个人性格残忍且又执拗，如果旁人贸然劝说他，只会令你死得更快。你在被押走受刑的时候，只要频频地回头望我就可以了。我将会安排奇妙的计策来使皇帝放了你。"乳母按照他的话做了。东方朔站在皇帝身边说道："你赶紧走吧！皇上已经长大了，难道还会记得你当年哺育的恩德吗？"皇帝（听了这话）很难过，于是就把乳母放了。

三十四　五侯鲭

五侯不相能[1]，宾客不得来往[2]。娄护丰辩[3]，传食五侯间[4]，各得其欢心，竞致奇膳[5]。护乃合以为鲭[6]，世称“五侯鲭”，以为奇味焉[7]。

注释

①五侯：指汉成帝的五个舅舅。汉成帝时，重用外戚王氏，河平二年（前27），同日封他的五个舅舅为侯，当时人称之为五侯。不相能：彼此之间看不顺眼，不和睦。能，和睦，亲善。

②宾客：原指战国时期诸侯贵族所养食客的称谓。他们依附于贵族，不参加生产劳动，拥有人身自由，由主人供养，为主人提供一些智力上的服务。西汉时期，养客之风仍然盛行，宾客为主人经营产业，出谋划策，奔走效命。遇有战乱，甚至被主人征发作战。后地位逐渐下降，开始参加一些生产劳动，成为佃户，最终演变为贵族、豪强的家兵、部曲。

③娄护：又作楼护。字君卿，齐国（今山东省）人。早年随父行医，常出入贵戚家。后改学经传，任京兆吏多年。颇有口才，与谷永同为五侯座上宾，当时长安传有“谷子云之笔札，娄君卿

之唇舌”的评语。史书记载其母亲病故时，五侯及其宾客，送葬的车辆不下两三千辆，民谣有言“五侯治丧楼君卿”。王莽时被封为息乡侯。

丰辩：能言善辩。

④传食：轮流就食。

⑤竞致：争着送来。致，给予。奇膳：珍奇罕见的美味佳肴。

⑥鲭 zhēng：把鱼和肉烹制在一起的佳肴。

⑦奇味：美味的菜肴。

译文

汉成帝的几个舅舅彼此之间看不顺眼，各家门下的宾客也不能相互往来。娄护能言善辩，在五侯家转来转去混饭吃，却能赢得每位侯爷的欢心。五位侯爷也争着送来珍奇的美味。娄护就把这些菜放在一起煮，做成鲭。世人称之为“五侯鲭”，视其为一道美味的菜肴。

三十五　公孙弘粟饭布被

公孙弘起家徒步[①]，为丞相，故人高贺从之[②]。弘食以脱粟饭[③]，覆以布被[④]。贺怨曰[⑤]："何用故人富贵为[⑥]？脱粟布被，我自有之[⑦]。"弘大惭[⑧]。贺告人曰："公孙弘内服貂蝉[⑨]，外衣麻枲[⑩]，内厨五鼎[⑪]，外膳一肴[⑫]，岂可以示天下[⑬]！"于是朝廷疑其矫焉[⑭]。弘叹曰："宁逢恶宾[⑮]，不逢故人。"

注释

①公孙弘（前200—前121）：字季，菑川薛（今山东省寿光市南）人，武帝时丞相。早年曾担任狱吏的官职，后因罪被免。武帝时期，凭借贤良文学的身份被征为博士，出使匈奴，因未能很好贯彻武帝意图而被罢免。元光（前134—前129）年间，再举贤良，后升迁为御史大夫。他为人心计深厚，办事谨慎，从不直接顶撞武帝，又因熟悉文法以及官场故事，而深得武帝信任。但他心胸狭窄，凡得罪自己的人，必伺机报复。元朔五年（前124）出任丞相，被封为平津侯。起家徒步：指出身平民，无特殊的政治以及经济背景。徒步，古代平民出行无车，所以用徒步代指平民。

②高贺：人名，生平不详。

③食：提供膳食，给……吃。脱粟饭：去皮小米做成的干饭，是汉代极为普通的饭食。汉代人为了省事，常把煮熟或者蒸熟的小米饭晒干，做成干粮储存起来，饿时用水伴食或浇菜汤、肉汤食用。

④覆：盖。

⑤怨：不满，埋怨。

⑥何用故人富贵为：故人富贵了，又有什么用呢？何用，有什么用。为，语气词。

⑦我自有之：我自己家也有。

⑧大惭：十分羞愧。

⑨貂蝉：皇帝近臣才能穿的华贵服饰。

⑩麻枲xǐ：质地极为粗劣的麻织衣物。枲，麻的总称。

⑪五鼎：我国古代贵族祭食器的最高等级。鼎是古代的食器，古代富贵人家列鼎而食，一般诸侯五鼎，卿大夫三鼎。五鼎包括的食物有牛、羊、豕、鱼、麋。这里用五鼎来形容公孙弘私下里饮食极其奢侈。

⑫膳：食用。一肴：一道菜。

⑬示：作为表率。

⑭矫：虚伪做作，表里不一。

⑮恶宾：粗暴无礼的客人。

译文

公孙弘出身平民，后来当上了丞相，老朋友高贺跟从他。公孙弘给他吃脱粟饭，盖粗布缝制的被子。高贺埋怨道：“老朋友富贵了又能怎么样呢？脱粟饭、布被子，我自己也有。”公孙弘听了十分惭愧。高贺告诉其他人说：“公孙弘在家里穿十分华贵的衣服，在外面时却穿粗麻布做的衣服；在家里吃饭很奢侈，在外面吃饭却只吃一个菜。这样的人，怎么能做天下人的表率呢？”于是朝廷大臣都开始怀疑公孙弘虚伪做作。公孙弘叹息道：“宁可遇到无礼胡闹的客人，也不愿意见到（高贺这样的）老朋友。”

三十六　文帝良马九乘

文帝自代还[①]，有良马九匹[②]，皆天下之骏马也。一名浮云，一名赤电，一名绝群，一名逸骠[③]，一名紫燕骝[④]，一名绿螭骢[⑤]，一名龙子，一名麟驹，一名绝尘[⑥]，号为九逸[⑦]。有来宣能御[⑧]，代王号为王良[⑨]，俱还代邸[⑩]。

注释

①文帝：汉文帝刘恒（前202—前157），汉高祖之子，前180—前157年在位。高祖时被封为代王。吕后死后，周勃等人铲除吕氏势力，迎立他为皇帝。在位期间，信奉黄老学说，轻徭薄赋，与民休息，国家经济有很大发展；又削弱诸侯王势力，巩固了中央集权。又经过他儿子汉景帝在位时的努力，到汉武帝时，汉朝国力达到鼎盛。后世将文帝与景帝时期的统治一起合称为“文景之治”。自代还：从代国回到京城，指周勃等人铲除吕氏势力，代王刘恒回到长安继任皇帝。代，春秋时期为代国，在今河北蔚县一带。战国时为赵襄子所灭。秦朝时在这里设置代郡。汉高祖十年（前197），刘恒被封为代王。

②良马：好马。

③逸：奔跑。骠piào：形容马快跑的样子。

④骝 liú：指黑鬣黑尾巴的红马。

⑤螭chī：古代传说中没有角的龙。骢 cōng：毛色青白相间的马。

⑥绝尘：应当是骏马跑起来很快，马蹄好像不沾染尘埃一样，因此而得名。

⑦九逸：九匹骏马。代国在汉朝北部，靠近匈奴，所产马匹十分优良。

⑧来宣：相传善于驾驭骏马，生平事迹无考。能御：善于驾驭骏马。

⑨号：叫作。王良：春秋末年晋国人，以善于驾驭马匹而著称。

⑩代邸dǐ：代国在京师长安的府邸。因汉代诸侯王在一定时间要到京师朝拜皇帝，故在京师置有府邸。这时代王刚到长安，还未正式继位，所以先住在代邸。

译文

汉文帝从代国回到京城（即位为帝）的时候，带着九匹良马，都是天下难得的骏马。一匹叫浮云，一匹叫赤电，一匹叫绝群，一匹叫逸骠，一匹叫紫燕骝，一匹叫绿螭骢，一匹叫龙子，一匹叫麟驹，一匹叫绝尘，一起被称为九逸。有个擅长驾驭骏马的人叫来宣，代王称他是在世王良，把他也带到了京城，一起暂住于代国在京城的府邸中。

三十七　武帝马饰之盛

武帝时，身毒国献连环羁[1]，皆以白玉作之[2]，马瑙石为勒[3]，白光琉璃为鞍[4]。鞍在暗室中常照十余丈，如昼日。自是长安始盛饰鞍马[5]，竞加雕镂[6]。或一马之饰直百金[7]，皆以南海白蜃为珂[8]，紫金为萼[9]，以饰其上。犹以不鸣为患[10]，或加以铃镊[11]，饰以流苏，走则如撞钟磬[12]，若飞幡葆[13]。后得贰师天马[14]，帝以玫瑰石为鞍[15]，镂以金银鍮石[16]，以绿地五色锦为蔽泥[17]，后稍以熊罴皮为之[18]。熊罴毛有绿光，皆长二尺者，直百金。卓王孙有百余双[19]，诏使献二十枚[20]。

注释

①羁：马笼头。一般用皮革制成连环状，也有用金玉装饰的。

②作：制作。

③马瑙石：即玛瑙石，一种质地致密、细腻的玉髓质玉石，常见的是混有蛋白石和隐晶质石英的纹带状块体。古时常被用来玩赏或者当作装饰品。勒：带嚼口的马笼头。

④白光琉璃：白色透明、有荧光的琉璃。鞍：马鞍，放在马背上供人骑坐的器具，多用皮革或者

木头加棉垫制成。

⑤自是：从这时候开始。盛饰：装扮华丽。

⑥竞：争着。

⑦或：有时候。

⑧白蜃：海边出产的白色大蛤蜊，古时常被用来做装饰品。珂：马笼头上的装饰品。

⑨紫金：黄金与赤铜的合金，也称紫磨金。萼：花瓣下部的一圈叶状绿色小片。

⑩鸣：原指鸟兽或昆虫鸣叫，这里指发出声音。患：忧虑。

⑪铃镊：铃的一种。

⑫磬：古代打击乐器，形状像曲尺，用玉或者石头制成。

⑬幡葆：车盖上的旗子。幡，同“旛”，旗帜。葆，车盖。

⑭贰师：即贰师城，属大宛国，在今吉尔吉斯斯坦西南部的马尔哈马特市。该地以出产汗血宝马而著称。张骞出使西域归来，介绍此地盛产良马。武帝派使者带着一匹纯金制作的马前去大宛国求购良马，但却遭到大宛拒绝，使者被杀害，连同财物也被抢去。武帝震怒，于太初元年（前104）八月派贰师将军李广利进攻大宛。战争持续四年多，最终大宛国民杀其国王，献良马三千匹而降。随后双方达成协议，以后大宛每年向汉朝献

宝马两匹。天马：即大宛所产汗血宝马。汉武帝先得乌孙国所产良马，称为天马。后来得到大宛汗血宝马，认为此马比乌孙马还要强健，就改称大宛汗血马为天马。

⑮玟mín瑰guī石：即珉石，品质仅次于玉的美石。瑰，同“瑰”。

⑯鍮tōu石：即黄铜。

⑰绿地五色锦：绿色的五彩锦缎。蔽泥：即挡泥垫，垫在马鞍之下，垂于马腹两侧，用来遮挡泥土。

⑱稍：逐渐。罴pí：熊的一种，也叫棕熊、马熊或人熊。

⑲卓王孙：西汉临邛（今四川邛崃）大富豪，司马相如的岳父。卓王孙的祖先为赵国人，秦统一后，将六国贵族和各地的大户迁徙到关中、巴、蜀一带，以便控制。卓氏的祖先也在其中。到达蜀地之后，其他人都希望迁徙得近一些，而卓氏祖先却要求将自己迁徙到偏远的临邛。因为临邛有铁山，卓氏祖先凭借冶铁的技术，成为有名的大商人。

⑳诏：下诏，命令。

译文

汉武帝的时候，身毒国献上连环状的马笼头，都是用白玉做成。用玛瑙石做成马勒，马鞍则是用透明的白色琉璃制成的。这马鞍在黑暗的房间里往往也能照亮十余丈的地方，好像白昼一样。从此以后，长安开始流行马笼头和马鞍的华丽装饰，人们争着雕镂马笼头和马鞍。当时有的马身上的饰物价值竟然达到百金，装饰马勒的都是南海产的白色大蛤蜊，并且点缀着紫金做成的花朵。即使这样装饰了，还嫌这些饰品不能发出声音，于是就有人又加上铃铛，系上彩色的丝带，这样马走起来就像敲击钟磬一样悦耳，像车盖上的彩旗一样迎风招展。后来得到进献来的天马，汉武帝用玟瑰石做成马鞍，在上面用金银黄铜等镶嵌成图案，用底为绿色的五彩锦缎制作成障泥（来作为天马的马饰），后来又逐渐用棕熊皮制作障泥。棕熊皮发着绿光，上面的毛都有二尺多长，每张都价值百金。蜀郡的大富豪卓王孙有一百多张，皇帝下诏让他进献二十张。

三十八　茂陵宝剑

昭帝时[①]，茂陵家人献宝剑[②]，上铭曰[③]："直千金，寿万岁。"

注释

①昭帝：即汉昭帝刘弗陵（前94—前74），汉武帝幼子，前87—前74年在位。即位时才八岁，因年龄幼小，由霍光、上官桀、桑弘羊等大臣辅政。他在位期间，在霍光等大臣的辅佐下，改革武帝晚年政治，移民屯田，多次派兵击败匈奴、乌桓的侵扰，加强了北方边疆的防卫。始元六年（前81），召开盐铁会议，取消了一些武帝时期制定的不利于经济发展的政策。

②家人：指汉代宫廷内没有名号职位的宫人，此处当指负责看守陵墓的宫人。

③铭：铭文，一种刻在器物上用来警戒自己、称述功德的文字。此处为名词用作动词，指刻有铭文。

译文

汉昭帝的时候，看守武帝茂陵的宫人献上一把宝剑，上面刻有铭文："直千金，寿万岁。"

三十九　相如死于消渴疾

司马相如初与卓文君还成都[①]，居贫愁懑[②]，以所着鹔鹴裘就市人阳昌贳酒[③]，与文君为欢。既而文君抱颈而泣曰[④]："我平生富足，今乃以衣裘贳酒。"遂相与谋于成都卖酒。相如亲着犊鼻裈涤器[⑤]，以耻王孙[⑥]。王孙果以为病[⑦]，乃厚给文君[⑧]，文君遂为富人。

文君姣好[⑨]，眉色如望远山[⑩]，脸际常若芙蓉[⑪]，肌肤柔滑如脂[⑫]。十七而寡[⑬]，为人放诞风流[⑭]，故悦长卿之才而越礼焉[⑮]。长卿素有消渴疾[⑯]，及还成都，悦文君之色，遂以发痼疾[⑰]。乃作《美人赋》，欲以自刺[⑱]，而终不能改，卒以此疾至死[⑲]。文君为诔[⑳]，传于世。

注释

①司马相如（约前179—前118）：字长卿，蜀郡成都（今四川省成都市）人，西汉著名的辞赋家，代表作品有《子虚赋》《上林赋》《大人赋》等。作品辞藻富丽，结构宏大，使他成为汉赋的代表作家，后人称之为"赋圣"。武帝喜其著作，将其擢升为郎官。后娶卓文君为妻，得到岳父卓王孙的大量馈赠，生活优裕，因而称病

闲居，辞官隐居于茂陵，直至去世。卓文君：临邛大富豪卓王孙的女儿。相传卓王孙邀请临邛县令王吉赴宴，因司马相如与王吉交情深厚，故王吉带着司马相如一起赴宴。席间司马相如弹琴助兴，寡居在家的卓文君被琴声打动，两人互相爱慕，一同私奔。

②居贫：生活贫苦。愁懑：忧愁郁闷。

③鹔 sù 鹴 shuāng 裘：鹔鹴羽毛制作而成的裘衣。鹔鹴，鸟名，即鹔鷞，外形像大雁。市人：汉代市场里的商贩。阳昌：人名，应为当时小商贩。贳 shì：赊欠，此处指用所穿裘衣抵押换酒喝。

④既而：不久，一会儿，副词，表示时间的承接。

⑤犊鼻裈 kūn：围裙。涤：洗。器：器皿，指碗盘之类。

⑥耻：令卓王孙感到耻辱。

⑦病：以此为耻辱之事。

⑧厚给：送人以丰厚的财物。《史记》记载卓王孙后来分给卓文君僮仆百人，钱百万，以及她之前出嫁时的衣被财物。

⑨姣好：容貌美丽。

⑩眉色：眉间的黛色。

⑪脸际：脸颊。

⑫脂：油脂。古人常用肤如凝脂来形容皮肤洁白细嫩。

⑬寡：指妇女死了丈夫。

⑭为人：做事的风格。放诞风流：指言行不受礼法束缚。

⑮悦：喜爱，倾慕。越礼：指卓文君没有经过父母的同意，与司马相如私定终身。

⑯素：一直。消渴疾：即糖尿病。中医认为饮食过于甘美而油腻，油腻就会使人产生内热，甘美则令人中满，其气上溢，就会口渴，故称消渴。晚期患者会有多饮、多尿、易饥渴，而人却日益消瘦的症状。

⑰痼疾：持续长久而一直无法治愈的病。

⑱自刺：规劝自己。

⑲以：因为。

⑳诔 lěi：悼词。

译文

司马相如刚开始与卓文君（一起私奔，）从临邛回到成都的时候，生活十分贫困，为此苦闷烦恼，把身上穿的鹔鹴裘拿到市场上抵押给阳昌换酒喝，跟卓文君一起借酒消愁。喝过酒，文君痛哭道：“我一直过着富足的生活，衣食无忧，（想不到）今天竟沦落到用衣服来换酒喝的地步。”于是就和司马相如商量在成都开酒馆卖酒。司马相如亲自穿着短围裙洗刷碗碟，想让卓王孙感到难堪。卓王孙果然认为二人卖酒是他的耻辱，于是就赠给卓文君丰厚的财物，文君一下子就成了有钱人。

卓文君的面容姣好，眉毛的颜色好像是遥望中远处的小山，两颊好像是盛开的荷花，皮肤光滑如凝脂。她十七岁就当了寡妇，言行不受礼法的拘束，所以会因爱上了司马相如的才华而与他一起私奔。司马相如一直患有糖尿病的老毛病，等到回到成都，又因为贪恋卓文君的美貌而旧病复发。于是司马相如就撰写了《美人赋》来规劝自己，但终究也没有改掉对卓文君的迷恋，最后死于这种病。卓文君为他撰写了诔文，流传后世。

四十　赵后淫乱

庆安世年十五[①]，为成帝侍郎[②]。善鼓琴[③]，能为《双凤》《离鸾》之曲[④]。赵后悦之[⑤]，白上[⑥]，得出入御内[⑦]，绝见爱幸[⑧]。尝着轻丝履[⑨]，招风扇[⑩]，紫绨裘，与后同居处。欲有子，而终无胤嗣[⑪]。赵后自以无子，常讬以祈祷[⑫]，别开一室，自左右侍婢以外，莫得至者，上亦不得至焉。以軿车载轻薄少年[⑬]，为女子服[⑭]，入后宫者日以十数，与之淫通[⑮]，无时休息。有疲怠者[⑯]，辄差代之[⑰]，而卒无子。

注释

①庆安世：人名，生平不详。

②侍郎：官名，秦汉时期郎中令的属官，为皇帝身边的侍从。

③鼓琴：弹琴。

④《双凤》《离鸾》：古琴曲名，属杂曲，今已失传。

⑤赵后：即成帝皇后赵飞燕。

⑥白：禀告，告诉。上：汉成帝。

⑦御内：后宫。在古代，除非宦官或者被召见的大臣，否则皇帝以外的男子是不能够随便进入后宫的。

⑧绝：极其，极度。见：被。爱幸：宠幸，宠爱。幸，指皇帝或皇后亲临某地，或指后妃为皇帝宠爱。

⑨轻丝履：用丝编织成的轻软的鞋。

⑩招风扇：应为扇名，即轻便的羽毛扇。

⑪胤嗣：子女，后代。

⑫祈祷：信仰宗教的人向神默告自己的愿望，祈求免祸降福。

⑬轻薄少年：指轻佻放荡的青年男子。轻薄，放荡。

⑭为女子服：穿上女子衣服。

⑮之：赵皇后。淫通：淫乱通奸。

⑯疲怠：劳累倦怠。

⑰辄：就。差：派人。

译文

庆安世十五岁，担任成帝的侍郎。他擅长弹琴，能够弹奏《双凤》《离鸾》。皇后赵飞燕很喜欢他，禀告给皇上，使他能够自由出入后宫，对他格外宠幸。庆安世时常穿着轻丝履，拿着招风扇，身上穿着紫色丝衣皮袄，与皇后同住在一起。赵皇后想要有个孩子，最终也没有如愿。赵皇后因为自己没有孩子，常常借着祈祷的理由，单独设立一间屋子，除了贴身伺候的婢女，别人是不能进入的，连成帝也不能进去。（赵皇后下令）常常用带帷幔的小车子，载着宫外轻佻放荡的年轻男子，让他们穿着女人的衣服混入后宫，每天达十数人，与赵皇后淫乱通奸，一刻也不停歇。若有谁劳累疲怠的，（赵皇后）就派人更换他，但最终也没有生出孩子。

四十一　作新丰移旧社

太上皇徙长安[①]，居深宫，悽怆不乐。高祖窃因左右问其故[②]，以平生所好，皆屠贩少年[③]，酤酒卖饼[④]，斗鸡蹴踘[⑤]，以此为欢，今皆无此，故以不乐。高祖乃作新丰，移诸故人实之[⑥]，太上皇乃悦。故新丰多无赖，无衣冠子弟故也[⑦]。高祖少时，常祭枌榆之社[⑧]，及移新丰，亦还立焉。高帝既作新丰，并移旧社，衢巷栋宇，物色惟旧。士女老幼，相携路首，各知其室。放犬羊鸡鸭于通途，亦竞识其家。其匠人胡宽所营也[⑨]。移者皆悦其似而德之[⑩]，故竞加赏赠，月余，致累百金[⑪]。

注释

①太上皇：皇帝父亲的尊号，这里指汉高祖刘邦的父亲。秦始皇统一六国之后，称自己为皇帝，尊自己的父亲秦庄襄王为太上皇。刘邦称帝后，汉承秦制，也尊自己的父亲为太上皇。徙：移居。

②窃：私下。因：依靠，通过。

③以：因为。屠贩少年：从事屠夫以及贩夫之类职业的年轻人，这里指出身低贱的市井之人。

④酤酒：卖酒。饼：小麦饼，是汉代最为普遍的一种主食。

⑤斗鸡：我国自古至今一直盛行不衰的一种游戏。蹴cù踘jū：即蹴鞠。古代军队习武的游戏，类似现在的足球运动。汉代蹴踘所用的球，多是用皮革为外皮缝制而成，内部实心，塞满柔软而有弹性的东西。

⑥实：充实。

⑦衣冠子弟：指官宦人家的子弟，一般为有一定文化修养的人。

⑧枌fén榆yú：地名，在丰县，为刘邦故乡。社：土地庙。

⑨胡宽：工匠名，生平无考。

⑩德：感激。

⑪致：送达。累：积累。

译文

汉高祖刘邦的父亲迁居长安后，居住在深宫大院之中，却凄凉悲伤，闷闷不乐。汉高祖就私下里通过他身边的人打听是什么原因。原来是因为太上皇生平所喜好结交的都是些出身低贱、卖酒卖饼的市井之人，与他们一起斗鸡蹴踘，以此为乐。但是现在这些全没有了，所以郁郁寡欢。于是高祖就营造新丰城，迁移老家丰邑的居民来此处居住，太上皇这才高兴起来。所以新丰城有很多没有文化的无赖子弟，就是因为此地没有官宦人家的缘故。高祖年轻的时候，常常主持祭祀枌榆乡的土地神。等到丰邑百姓迁移到新丰城的时候，土地庙也还立在这里。高祖营建好新丰城后，又将旧的社庙迁移到这里，新丰的街道以及两旁的房屋，风景和以前一样。丰邑的男女老少，相互搀扶着来到新丰城的时候，站在路口，能够立刻认出自己家的房屋。把狗、羊、鸡、鸭等放到大路上，它们也竟然能够立刻找到自己的家。这都是匠人胡宽主持修造的。迁移过来的人都因为喜欢新丰城与旧丰邑十分相似而感激他，所以竞相给他赏赐馈赠。一个多月以后，胡宽接受的馈赠竟然累计达到黄金百斤。

四十二　陵寝风帘

汉诸陵寝[1]，皆以竹为帘[2]，帘皆为水纹及龙凤之像。昭阳殿织珠为帘，风至则鸣，如珩珮之声[3]。

注释

①陵寝：古代帝王的陵墓和寝庙的合称。陵，陵墓。寝，寝庙，在陵墓之侧的宫殿建筑，放置有墓主遗物，时常祭祀。西汉共有十一处皇帝陵寝，其中九座在渭水北边的咸阳原上，自西向东依次为武帝茂陵、昭帝平陵、成帝延陵、平帝康陵、元帝渭陵、哀帝义陵、惠帝安陵、高帝长陵、景帝阳陵。

②帘：门帘。

③珩 héng 珮：泛指佩玉。珩，玉佩顶端的横玉。

译文

汉朝历代皇帝陵墓的寝庙中，都使用竹子做的门帘。帘子上都雕刻着水纹和龙凤的图像。昭阳殿用珠子串联起来织成门帘，风一吹就会发出声响，如同佩玉摇动撞击的声音。

四十三　扬雄梦凤作《太玄》[①]

扬雄读书，有人语之曰[②]："无为自苦，《玄》故难传[③]。"忽然不见。雄著《太玄经》，梦吐凤凰，集《玄》之上[④]，顷之而灭[⑤]。

注释

①扬雄（前53—18）：字子云，蜀郡成都（今四川省成都市）人。他擅长写赋，是"汉赋四大家"之一，又是著名的哲学家和语言学家，有著作《甘泉赋》《羽猎赋》《太玄经》《法言》《方言》流传后世。

②有人：指刘歆。《汉书·扬雄传》中记载，刘歆曾经看过《太玄经》，认为深奥难懂，后世不会流传。

③《玄》：指《太玄经》，是扬雄模拟《周易》而作，也称《扬子太玄经》。全书含有丰富的辩证法思想，集中反映了扬雄的哲学思想，但内容晦涩难懂，故刘歆认为没有必要写下去。故：同"固"，本来。

④集：飞落在。

⑤顷之：过了一会儿。

译文

扬雄正在读书的时候，听到有人对他说："不要自讨苦吃了，《太玄经》本来就很难流传下去。"说完就忽然不见了。扬雄写作《太玄经》的时候，梦到口中吐出凤凰，凤凰飞落在《太玄经》上，过一会儿就没有了。

四十四　百日成赋

司马相如为《上林》《子虚》赋①，意思萧散②，不复与外事相关，控引天地③，错综古今④，忽然如睡⑤，焕然而兴⑥，几百日而后成⑦。其友人盛览⑧，字长通，牂牁名士⑨，尝问以作赋。相如曰："合綦组以成文⑩，列锦绣而为质⑪，一经一纬⑫，一宫一商⑬，此赋之迹也⑭。赋家之心⑮，苞括宇宙⑯，总览人物，斯乃得之于内，不可得而传。"览乃作《合组歌》《列锦赋》而退⑰，终身不复敢言作赋之心矣⑱。

注释

①《上林》《子虚》：司马相如两篇代表性作品，前后衔接。《子虚赋》是司马相如早年客游梁国时所作，以子虚先生和乌有先生为主人公，描写齐楚两国的苑囿之美。后汉武帝读此赋十分赞赏，召见司马相如。司马相如又结合《子虚赋》，另作《上林赋》，以亡是公为主人公，驳斥子虚、乌有二先生，极力描绘了汉武帝上林苑宏大的规模，进而描写天子率大臣在上林狩猎的场面。

②意思：文意。萧散：潇洒无拘束。

③控引：控制，纵横。

④错综：交错、综合。

⑤忽：恍惚，神志不清的样子。

⑥焕：光亮，鲜明。本文指精神振作，神采奕奕。

⑦几：几乎。史书记载司马相如作赋构思很慢，但文笔很好。

⑧盛览：人名，生平不详。

⑨牂zāng牁gē：汉代郡名。原为西南小国名，汉武帝元鼎六年（前111）平定西南夷，在此设牂牁郡，所辖包括今天贵州大部以及云南、广西部分地区。

⑩綦组：成组丝所织成的带子，这里指华丽的辞藻。文：文采，色彩，即文章形式方面，与质相对。

⑪列：排列剪裁。锦绣：精美的丝织品，借以形容构思巧妙。质：本质，即文章内容，实质方面，与文相对。

⑫经、纬：这里指文章的条理。经，织物的纵线。纬，织物的横线。

⑬宫、商：中国古代音阶分为宫、商、角、徵、羽五声，此为其中前两种音阶，用来比喻文章的韵律。

⑭迹：指创作中通过学习和请教，可以明显了解和感悟的创作形式以及写作技巧等。

⑮心：与“迹”相对，指文学创作中不易学习，只能意会，不可言传的东西，如创作理念、思想感情、灵感、意念等。

⑯苞括：同“包括”。

⑰《合组歌》《列锦赋》：盛览写的两篇赋名。

⑱心：愿望。

译文

司马相如撰写《上林赋》《子虚赋》的时候，文意潇洒无拘束，不再和外物发生联系。他纵横天地间，铺叙古今人事，时而精神恍惚，好像要睡着一样，时而精神焕发，又起来接着写，将近一百天才写成。他有一个朋友叫盛览，字长通，是牂牁郡的名士，曾向司马相如请教写赋的窍门。司马相如说："以丝带般华丽的辞藻组成赋的文采，以锦绣般精妙的构思作为赋的内容，纵横交错，宫商交织，这就是写赋的技巧。写赋的人的内心应该囊括宇宙，总览世间万物，这是内心所体会出来的，只可意会不可言传。"盛览听了之后，就写了《合组歌》《列锦赋》，然后回去，自此以后再也不敢谈创作赋的愿望了。

四十五　仲舒梦龙作《繁露》

董仲舒梦蛟龙入怀[1]，乃作《春秋繁露》词[2]。

注释

①董仲舒（前179—前104）：西汉广川（今河北省枣强县）人，西汉著名思想家，今文经学大师。武帝时期，提出“罢黜百家，独尊儒术”的思想，被汉武帝采纳，对儒学成为封建社会的正统意识形态起了重要作用。他吸收各家思想，把君权、父权、夫权联系起来，形成新的儒学体系，推出三纲五常的封建伦理体系，适应了汉武帝时期大一统的需要，故而被汉武帝所用。

②《春秋繁露》：董仲舒的代表作品，共十七卷，八十二篇，书中阐发了“大一统”的思想，建立了“天人感应”“三纲五常”的儒学新体系。因董仲舒是春秋公羊学派的大师，所以书名“春秋”。繁露，意谓阐发。

译文

董仲舒梦到蛟龙飞到自己的怀里，于是就写成了《春秋繁露》这本书。

四十六　读千赋乃能作赋

或问扬雄为赋[1]，雄曰："读千首赋，乃能为之。"

注释

①为赋：写作汉赋的技巧、方法。

译文

有人问扬雄创作赋的方法，扬雄说："读一千篇赋，就会写赋了。"

四十七　闻《诗》解颐

匡衡[1]，字稚圭，勤学而无烛。邻舍有烛而不逮[2]，衡乃穿壁引其光[3]，以书映光而读之。邑人大姓[4]，文不识[5]，家富多书，衡乃与其佣作[6]，而不求偿[7]。主人怪[8]，问衡，衡曰："愿得主人书遍读之。"主人感叹，资给以书[9]，遂成大学[10]。衡能说《诗》[11]，时人为之语曰："无说《诗》[12]，匡鼎来。匡说《诗》，解人颐[13]。"鼎，衡小名也。时人畏服之如是[14]，闻者皆解颐欢笑。衡邑人有言《诗》者，衡从之[15]，与语质疑，邑人挫服，倒屣而去[16]。衡追之，曰："先生留听[17]，更理前论[18]。"邑人曰："穷矣。"遂去不返。

注释

①匡衡：西汉东海郡承县（今山东省枣庄东南）人，西汉著名经学家，擅长说《诗经》。早年因宣帝不好儒学而未受重用。元帝时，官至丞相，封乐安侯。成帝时，因罪罢官。小时家贫，好读书，有"凿壁偷光"的故事流传至今。

②逮：及。

③穿壁：凿穿邻人的墙壁。

④邑人：同邑的人。大姓：大户人家。

⑤文不识：不识文字。

⑥佣作：同“庸作”，受雇给人做工。

⑦偿：报酬。

⑧怪：奇怪。

⑨资给：提供给。

⑩大学：大学问家，大学者。

⑪《诗》：即《诗经》，中国最早的诗歌总集，收录有西周初年至春秋中期的诗歌。后经孔子删定，保留305篇，是古代儒家学者必修的六部经典之一。

⑫无：不要，别再。

⑬解人颐：使人开心欢笑。

⑭畏服：敬佩，佩服。如是：这样，这么。

⑮从：登门求教。

⑯倒屣xǐ：倒穿着鞋，用来形容慌乱急促，连鞋子都没穿好就着急跑掉了。西汉时期人席地而坐，进门要脱鞋。

⑰留听：留步。

⑱更：继续。

译文

匡衡，字稚圭，学习十分刻苦，（但晚上学习）却没有烛火。邻居家点着蜡烛却照不到匡衡家，匡衡就凿穿两家之间的墙壁，让烛光投过来，映着烛光看书。同乡有一户大姓人家，不识文字，但家里的藏书却很多。

于是匡衡就到他们家当佣工，却不要什么报酬。这家的主人很奇怪，问匡衡原因。匡衡说："希望能够借到您的藏书，通读一遍。"这家主人十分感慨，就提供给他书。匡衡最终成了一位有名的大学问家。匡衡善于解说《诗经》，当时的人有言："无说《诗》，匡鼎来。匡说诗，解人颐。"鼎，是匡衡的小名。当时的人都像这样敬畏佩服匡衡，听他解说《诗经》的人都开颜欢笑。匡衡同乡也有一个讲解《诗经》的人，匡衡去登门求教，并且提出自己的疑问。同乡这人被匡衡挫败折服了，站起来倒穿着鞋就慌张地走了。匡衡追上他，说："先生您请留步，咱们接着之前的讨论。"同乡这人说："我已经理屈词穷了。"于是就走了，再也没有回来。

四十八　惠生叹息

长安有儒生曰惠庄[1]，闻朱云折五鹿充宗之角[2]，乃叹息曰："茧栗犊反能尔邪[3]！吾终耻溺死沟中[4]。"遂裹粮从云[5]。云与言，庄不能对，逡巡而去[6]，拊心谓人曰[7]："吾口不能剧谈[8]，此中多有[9]。"

注释

①儒生：学习儒家学说的人。惠庄：人名，生平不详。

②朱云：字游，鲁国（治今山东曲阜一带）人。早年好勇任侠，四十岁时，才开始学《易》《论语》。元帝时，与少府五鹿充宗辩论《易》学，获胜，担任博士。为人不畏权贵，刚正直言，多次上书抨击朝廷大臣。折五鹿充宗之角：意为挫了五鹿充宗的锋芒。

③茧栗犊：初生的小牛犊。因牛角刚长出时形状像茧像栗，故用以代指小牛犊，此处引申为后生晚辈。尔：如此，这样。邪 yé：同"耶"，疑问语气词。

④溺死沟中：比喻处于一隅，默默无闻，不能出人头地。

⑤裹粮：携带粮食出征或远行。从：拜访。

⑥逡 qūn 巡：迟疑徘徊。

⑦拊 fǔ：抚摸，拍。

⑧剧谈：流畅地谈吐。

⑨此中：胸中。

译文

长安城有个儒生叫惠庄，听说朱云与五鹿充宗辩论胜了，折了五鹿充宗的“鹿角”。于是就叹息说：“初生的小牛犊反而能够做到这些！我终究耻于一事无成。”于是就携带粮食出发去拜朱云为师。朱云与他谈论，惠庄不能回答，迟疑徘徊了好久才离去。他拍着胸口对人说：“我的嘴虽然不能流畅地谈吐，但是我这里（胸中）的学问多着呢！”

四十九　搔头用玉

武帝过李夫人①，就取玉簪搔头②。自此后，宫人搔头皆用玉③，玉价倍贵焉。

注释

①过：探访。李夫人：汉武帝的宠姬之一，擅长音乐舞蹈。

②就：靠近。簪 zān：用来固定发髻的长针，多用玉石、金属制成。古代男子佩戴簪子来固定帽子。

③宫人：宫女。搔头：前一搔头为动词，挠痒；这里为名词，即簪子。

译文

武帝去探访李夫人，取下她头上的玉簪子挠头。从此以后，宫女们的簪子都用玉石来制作，于是玉石的价格就成倍上涨了。

五十　精弈棋裨圣教

杜陵杜夫子善弈棋[1]，为天下第一。人或讥其费日[2]，夫子曰："精其理者，足以大裨圣教[3]。"

注释

①杜陵：即杜陵县。杜夫子：姓杜的长者。夫子，古代对男子的尊称。弈棋：下围棋。

②讥：讥讽。费日：耗费时日。

③裨 bì：增益，帮助。圣教：即儒学，指根据禹、汤、文、武、周公、孔子等圣人教诲，在此基础上形成的儒家体系。

译文

杜陵县的杜夫子擅长围棋，棋艺为当时全国第一。有人讥笑他说下棋浪费时日，杜夫子回答说："如果能够精通围棋道理，完全可以助益于圣教的伦理纲常。"

五十一　弹棋代蹴踘

成帝好蹴踘，群臣以蹴踘为劳体[①]，非至尊所宜[②]。帝曰："朕好之，可择似而不劳者奏之。"家君作弹棋以献[③]，帝大悦，赐青羔裘、紫丝履[④]，服以朝觐[⑤]。

注释

①劳体：因劳累过度而伤害身体。

②至尊：地位极其尊贵的人，指帝王。

③家君：我的父亲，此处指刘歆的父亲刘向。弹棋：汉代流行于宫廷之中的一种棋艺。

④青羔裘：黑羊羔皮衣。紫丝履：紫色丝鞋。

⑤服：穿着。朝觐：臣子上朝拜见皇帝。

译文

成帝喜欢蹴踘，大臣们认为蹴踘会使身体劳累，并不适合皇上。成帝说："我喜欢这项活动，你们可以选择一项相似而又不伤身体的活动汇报给我。"我父亲创作了弹棋这种游戏献给皇帝。成帝很高兴，赐给我父亲黑羊羔皮衣和紫色的丝鞋，让他穿着上朝。

五十二　雪深五尺

元封二年[1]，大寒，雪深五尺，野鸟兽皆死，牛马皆踡跼如猬[2]，三辅人民冻死者十有二三[3]。

注释

①元封二年：即公元前109年。元封为汉武帝的第六个年号，因前一年汉武帝封禅泰山，故改元元封。

②踡 quán 跼 sù：双脚蜷缩起来。猬：刺猬。刺猬受到惊吓或者遇到危险时会蜷缩成一团。

③三辅：汉代京畿地区的总称。汉武帝时期，京畿地区分为京兆尹、右扶风、左冯翊，辖区名也是官名，治所同在长安城中。

译文

元封二年，天气十分寒冷，积雪有五尺深，野地里的鸟兽都冻死了，牛马也蜷缩起来好像刺猬一样，三辅地区的百姓冻死的占总人口的十分之二三。

五十三　四宝宫

武帝为七宝床、杂宝桉、厕宝屏风、列宝帐①，设于桂宫②，时人谓之四宝宫。

注释

①七宝床：多种宝物装饰的床。七宝，泛指金、银、珠玉、珊瑚、琉璃、琥珀、玛瑙等宝物。杂宝、厕宝、列宝意思与七宝大致相近，均表示用宝物装饰。桉 ān：同“案”，几案，矮桌子。

②桂宫：西汉宫殿名，武帝时建，在未央宫北，也称北宫。

译文

汉武帝让人制作了七宝床、杂宝桉、厕宝屏风、列宝帐，陈设在桂宫中，于是当时人就称桂宫为四宝宫。

五十四　河决龙蛇喷沫

瓠子河决[①]，有蛟龙从九子[②]，自决中逆上入河，喷沫流波数十里。

注释

①瓠 hù 子河：古代连接黄河与大野泽（古湖泊名，今山东省巨野、郓城之间）的一条河流。瓠子河流入黄河的入口处称为瓠子或者瓠子口，大概在今天的河南省濮阳市南。瓠子河决口的事情发生在汉武帝元光三年（前132），是黄河在周显王年间第一次改道之后破坏最严重的一次决口。决口之后，武帝当即派汲黯等人修堤，但没过多久又坏掉。当时丞相武安侯田蚡的封地在河北，黄河决口，水流向南，他的封地因此丰收，故劝说武帝停止修堤。当时正值北方与匈奴战争，国用匮乏，再加上河决客观上便利了交通，故而停了二十多年，直至元封二年（前109）才派人堵塞决口。

②从：跟从。九子：相传龙生九子，皆不成龙，形态各不相同。

译文

在瓠子河决口的时候，有一条蛟龙，后面跟着九条小龙，从决口的地方逆流而上，进入黄河，喷出的水沫激荡着波浪，有数十里远。

五十五　百日雨

文帝初，多雨，积霖至百日而止[①]。

注释

①积霖：阴雨连绵，多日不停。霖，久下不停的雨。

译文

文帝初年，天经常下雨，有一次阴雨连绵下了一百天才停止。

五十六　五日子欲不举

王凤以五月五日生[1]，其父欲不举[2]，曰："俗谚：'举五日子，长及户则自害[3]，不则害其父母[4]。'" 其叔父曰[5]："昔田文以此日生[6]，其父婴敕其母曰[7]：'勿举。'其母窃举之[8]。后为孟尝君，号其母为薛公大家[9]。以古事推之，非不祥也。" 遂举之。

注释

①王凤：字孝卿，西汉东平陵人。汉元帝皇后王政君的哥哥，汉成帝的舅舅。成帝即位后，他担任大司马、大将军，领尚书事，专擅朝政十一年，权倾朝野。

②其父：即王禁，字稚君，王政君的父亲。曾担任过廷尉府的官吏，后来被封为阳平侯。举：抚养，养育。

③长及户：长到和门一样高的时候，喻指成年。及，达到。户，门。自害：危害自己。

④不 fǒu：同"否"。

⑤叔父：即王弘，曾担任长乐校尉的官职。

⑥田文：战国四公子之一，封于薛，称薛公，号孟尝君。

⑦敕 chì：嘱咐，告诉。

⑧窃：偷偷地，暗中。

⑨大家gū：古代对妇女的尊称。

译文

王凤因为在五月初五出生，他父亲（认为不吉利）不想抚养他，说："俗话说：'抚养五月初五生下的孩子，等他长到房门一样高的时候就会危害自己，否则就会危害他的父母。'"王凤的叔父则说："从前田文也是在这一天出生的，他父亲田婴告诫他母亲说：'不要养他。'但他母亲私下里把田文抚养成人。后来田文成了孟尝君，尊称他的母亲为'薛公大家'。根据古时候的事情来推测，这并不是不祥的事情。"于是决定抚养王凤。

五十七　雷火燃木得蛟龙骨

惠帝七年夏[①]，雷震南山[②]。大木数千株，皆火燃至末。其下数十亩地，草皆燋黄[③]。其后百许日，家人就其间得龙骨一具，鲛骨二具[④]。

注释

①惠帝七年：公元前188年。

②南山：即终南山。

③燋 jiāo 黄：黄黑色。燋，古同“焦”。

④鲛：通“蛟”，一说为龙，一说为鱼。

译文

惠帝七年的夏天，雷电击中了终南山。数千株大树都被火烧得直到树梢。树底下几十亩地范围里的草都被烧得焦黄。在这之后一百多天，有一个僮仆在草丛中捡到龙的骨架一副，鲛的骨架两副。

五十八　酒脯之应

高祖为泗水亭长①，送徒骊山②，将与故人诀去。徒卒赠高祖酒二壶，鹿肚、牛肝各一。高祖与乐从者饮酒食肉而去。后即帝位，朝晡尚食③，常具此二炙④，并酒二壶。

注释

①泗 sì 水亭长：秦汉时每十里为一亭，设一名亭长，掌管治安、诉讼等事务。汉高祖秦末时曾当过泗水亭长。泗水亭，亭名，秦末时旧址在今江苏省沛县东。

②徒：服劳役的人。骊山：在今陕西临潼县东南，又名蓝田山。秦始皇在骊山北麓修建陵墓，征发大量百姓来此服役。

③朝晡：早晚。晡，泛指晚间。尚食：官名，专门掌管帝王的膳食。此处是指给皇帝进膳。具：准备饭菜酒席。

④炙 zhì：烧烤的肉，这里泛指酒菜。

译文

汉高祖刘邦担任泗水亭长时，押送服劳役的人到骊山去，将要与老朋友们话别之时，役卒赠送给高祖酒两壶，鹿肚、牛肝各一份。高祖和乐意跟随他的人一起喝完酒、吃完肉才走。后来高祖称帝之后，宫人早晚给他进膳的时候，都会准备这两样菜，并且备两壶酒。

五十九　梁孝王宫囿

梁孝王好营宫室苑囿之乐[①]，作曜华之宫[②]，筑兔园[③]。园中有百灵山，山有肤寸石、落猿岩、栖龙岫[④]。又有雁池，池间有鹤洲凫渚[⑤]。其诸宫观相连，延亘数十里[⑥]，奇果异树，瑰禽怪兽毕备。王日与宫人宾客弋钓其中[⑦]。

注释

①梁孝王：名刘武（前184—前144），汉文帝之子，汉景帝同母弟弟。初封为代王，后徙封为梁王。景帝即位之初，曾允诺死后传位于梁王。在七国叛乱时，梁孝王抵挡吴、楚叛军有功，深得景帝和窦太后宠幸。后因传位之事，与景帝有矛盾，后虽和解，但梁孝王仍心中郁郁，并因此而死。

②曜 yào 华：宫室名，在梁国都城睢阳城北，今河南省商丘西南。

③兔园：梁孝王所建苑囿，为其招延宾客的地方。

④肤寸：古代宽一指为寸，四指侧放长度为一肤，这里指比较规整的石头。岫 xiù：山洞。

⑤渚：小洲，水中的小块陆地。

⑥延亘：绵延。

⑦王：梁孝王。弋yì：射猎。

译文

梁孝王喜欢营造宫殿苑囿，以此获得乐趣。他营造曜华宫，修建兔园。兔园中有座百灵山，山上有肤寸石、落猿岩、栖龙岫等景物。园中还有雁池，池子中间有鹤和野鸭等禽鸟栖息的小岛。园中的宫殿楼阁绵延相连，长达几十里，珍奇的果木花草，稀有的飞禽走兽，都集中在这里。梁孝王和嫔妃宫女及其宾客经常在园中垂钓射猎。

六十　鲁恭王禽斗

鲁恭王好斗鸡鸭及鹅雁①，养孔雀、䴔䴖，俸谷一年费二千石②。

注释

①鲁恭王：名刘余，汉景帝之子。初封为淮阳王，后徙封为鲁王。平时喜欢修建宫室玩乐，曾因扩充宫室而破坏孔子旧宅，于墙壁夹缝中得到一些古文经书。恭为其死后的谥号。

②俸谷：原指作为俸禄发给官员的谷物，这里指饲养禽鸟需要的饲料。石dàn：古代重量单位，十斗为一石，计一百二十市斤。

译文

鲁恭王喜好斗鸡、斗鸭、斗鹅、斗雁，而且养了许多的孔雀和䴔䴖，每年饲养这些禽鸟耗费的粮食，都有两千石。

六十一　流黄簟

会稽岁时献竹簟供御[①]，世号为流黄簟[②]。

注释

①会稽：西汉郡名，治所在吴县（今江苏省苏州市）。秦时始置，汉初一度为诸侯国管辖，景帝时恢复为郡，属中央管辖。岁时：一年中的特定时候。供御：供皇帝使用。

②世号：世称。流黄：褐黄色，竹席加工后外表所形成的颜色。

译文

会稽郡每年到一定季节时就要献上当地所产的竹席供给皇家使用，世人（根据这种席子的颜色）称它为流黄簟。

六十二　买臣假归

朱买臣为会稽太守[①]，怀章绶[②]，还至舍亭[③]，而国人未知也[④]。所知钱勃[⑤]，见其暴露[⑥]，乃劳之曰[⑦]："得无罢乎[⑧]？"遗与纨扇[⑨]。买臣至郡[⑩]，引为上客[⑪]，寻迁为掾史[⑫]。

注释

①朱买臣（？—前115）：字翁子，会稽吴县（今江苏省苏州市）人。早年家中贫困，砍柴为生，但喜欢读书。曾随郡中到朝廷汇报工作的官员到长安，经过同乡严助的推荐，被武帝赏识，拜为中大夫、侍中。后东越叛乱，被拜为会稽太守。平定东越后，因功升为主爵都尉。后因与张汤互相倾轧，被武帝处死。

②怀：怀揣。章绶：官印以及系于印纽上的绶带，是表明官员身份的信物。

③还：回到。舍亭：客馆，这里指所在郡在长安设置的官舍。

④国人：居住在会稽郡城里的人。此时朱买臣刚被授命，消息还没有散开，所以人们还不知道。

⑤所知：至交好友，欣赏自己的人。钱勃：人名，生平不详。

⑥暴露：露天而居，没有遮蔽。

⑦劳：慰劳，慰问。

⑧得无：是不是。罢 pí：同“疲”，疲乏。

⑨纨 wán 扇：细绢织成的圆扇。

⑩至郡：指到达会稽郡赴任。

⑪引：招来。上客：上宾，尊贵的客人。

⑫寻：不久。迁：升迁。掾 yuàn 史：郡太守的属吏。西汉时期除郡一级官员由中央任命以外，郡属吏都由郡守自行聘任。

译文

朱买臣被任命为会稽太守之后，怀揣着太守官印等信物，回到会稽郡设在京城的官舍。这个时候，朱买臣被任命为会稽太守的消息还没有传播开来（官舍的人都不理他）。只有平时和他关系不错的钱勃，看到他住在条件很差的地方，就慰劳他说：“你是不是很累啊？”并送给他一把细绢制成的圆扇。朱买臣（很感激他，）上任以后，就把钱勃当作座上宾，不久以后又把他提拔为太守的属官。

卷三

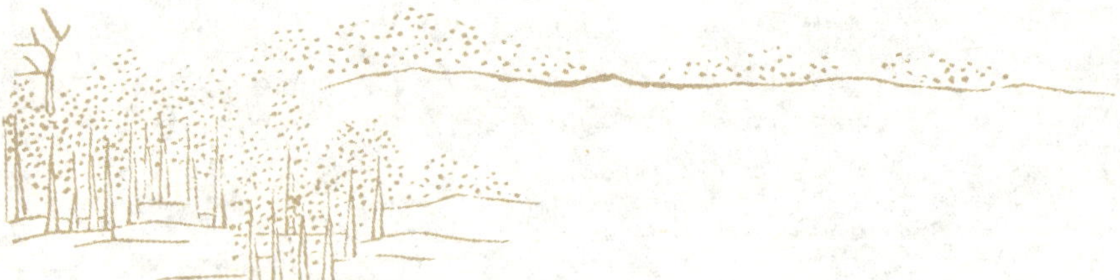

六十三　黄公幻术

余所知有鞠道龙[①]，善为幻术[②]，向余说古时事：有东海人黄公[③]，少时为术，能制蛇御虎。佩赤金刀[④]，以绛缯束发[⑤]，立兴云雾，坐成山河。及衰老，气力羸惫[⑥]，饮酒过度，不能复行其术。秦末，有白虎见于东海[⑦]，黄公乃以赤刀往厌之[⑧]。术既不行，遂为虎所杀。三辅人俗用以为戏[⑨]，汉帝亦取以为角抵之戏焉[⑩]。

注释

①鞠道龙：人名，生平无考。

②幻术：指古代的魔术或者方士、术士眩惑人的法术。

③东海：郡名，即东海郡。秦朝始置，楚汉之际也称郯郡，治所在郯县（今山东省郯城）。西汉时期的辖境相当于今天山东省临沂市、费县，江苏省赣榆以南，山东省枣庄市，江苏省邳县以东和江苏省宿迁市、灌南以北地区。黄公：人名，生平不详。

④赤金：即铜。在古代，曾把金属分为黄金、白金、赤金三个等级，分别指金、银、铜，其中铜的等级最低。

⑤绛 jiàng：深红色。

⑥羸léi惫：衰弱疲惫。

⑦见xiàn：出现。

⑧赤刀：即赤金刀。厌：同“压”，镇压。

⑨俗：民间习俗。

⑩角抵：秦汉时期对某些杂技表演的统称，是一种类似现在摔跤、拳斗一类的角力游戏。在汉代，角抵演变为百戏的一种，其中掺杂乐舞杂技，有简单的故事情节和表演，是戏剧的雏形。

译文

我所熟知的人里有一个叫鞠道龙的，擅长幻化的法术。他曾向我叙说过一段古时候的事：东海郡有一个叫黄公的人，年轻时学习法术，能够制服大蛇和猛虎。身上佩带着赤铜锻造的刀，用深红色的丝带扎着头发，起卧之间就能变出云雾和山河。等到他年老的时候，气力衰竭，再加上饮酒过度，不能够再完成这样的法术了。秦朝末年，东海郡出现了一只白虎，黄公就佩带着自己的铜刀前去，准备制服它。由于法术没有成功，他最终也被白虎吃掉了。三辅地区民间习俗根据这件事编成戏耍，汉代皇帝也拿这件事作为角抵戏的题材。

六十四　淮南王与方士俱去

又说：淮南王好方士①，方士皆以术见②，遂有画地成江河，撮土为山岩③，嘘吸为寒暑④，喷嗽为雨雾⑤。王亦卒与诸方士俱去⑥。

注释

①淮南王：即刘安（前179—前122），汉高祖刘邦之孙，淮南厉王刘长之子，西汉思想家、文学家。爱好文学以及道家学说，喜欢读书鼓琴，曾召集当时一些学者撰有《淮南鸿烈》（即《淮南子》）一书。武帝时期，因谋反事发而自杀。方士：我国古代擅于神仙方术、从事巫祝术数的人。因为传说东海中有仙山，所以战国时期燕齐等近海地区盛行神仙学说。秦汉时期帝王追求长生不老，这些燕齐一带的方士凭借修炼成仙和不死之药等方术而得到当时帝王的宠幸。

②术：方术，道教所信奉的求仙之术，包括天文、医学、神仙术、占卜、相术、堪舆等。见：求见。

③撮 cuō：聚合，聚拢。

④嘘吸：呼吸。寒暑：寒暑变迁。

⑤雨雾：名词作动词，下雨起雾。

⑥卒：最终。俱去：一起成仙飞升。因刘安喜欢道

家学说，追求长生不老，经常求仙炼丹，所以他死后，民间传说他与八公（八位方士）一起服食仙药，升仙而去。

译文

（鞠道龙）又对我说：淮南王刘安喜好方士，方士都要凭借自己的法术才能求见他。于是就有在地上一划就变成江河的，堆一堆土就变成山峰的，呼吸之间就能变换寒暑的，喷嚏咳嗽就能起雾下雨的各种方士出现。淮南王最终也和这些方士一起成仙飞升而去。

六十五　扬子云裨补《輶轩》所载

扬子云好事[①]，常怀铅提椠[②]，从诸计吏[③]，访殊方绝域四方之语[④]，以为裨补《輶轩》所载[⑤]，亦洪意也[⑥]。

注释

①扬子云：即扬雄。好事：好找事做。

②怀铅提椠 qiàn：怀揣着铅粉笔和木简。铅，铅粉笔，用于书写。椠，用于写字的木简。

③诸：各地。计吏：即上计吏。战国时期，县官年终时要向诸侯汇报地方政治及经济状况。西汉时期，方式有所改变。每年秋冬考课时，由县令上计所在郡国。年末时，以郡国守丞的长史为上计使者进京向皇帝或者三公汇报地方人口、赋税、徭役、治安、诉讼等情况，作为皇帝和中央政府评定地方执政优劣以决定奖罚升贬的依据。由于上计吏关乎地方长官的仕途，所以往往由地方名士担任。而名士也往往通过上计，展露才华，以博得帝王及三公的赏识，便于自己以后的升迁。

④殊方绝域：异地边远的地方。殊方，异域，他乡。绝域，极远的地方。

⑤以为：介词省略宾语，以此来。裨补：增补。

辎 yóu 轩 xuān：原指古代天子使臣乘坐的一种轻车，此处指《方言》一书。因为扬雄此书全称为《辎轩使者绝代语释别国方言》，简称《方言》或《辎轩》。

⑥亦洪意也：这也是葛洪的意思。此句当是葛洪小注，后混入正文。

译文

扬雄喜欢给自己找事情做，常常怀揣着铅粉笔和木简，拜访郡国进京汇报工作的官吏，向他们调查全国各地的方言土语，以此来增补所著《辎轩》中的材料。这也是葛洪的意思。

六十六　邓通钱与吴王钱

文帝时，邓通得赐蜀铜山[①]，听得铸钱[②]，文字肉好[③]，皆与天子钱同，故富侔人主[④]。时吴王亦有铜山铸钱[⑤]，故有吴钱，微重，文字肉好与汉钱不异。

注释

①邓通：西汉蜀郡人，汉文帝的宠臣。据《史记》记载，文帝曾让人给邓通看相，相士认为邓通会贫饿而死。于是文帝就将蜀郡严道县的铜山赐给邓通，准许他私自铸钱，所以邓氏钱遍天下。后人常用他的名字比喻富有。景帝即位后，将铸币权收归国家，邓通被免官回家。后来有人告发邓通私自铸钱，所有家产都被没收，最终饥饿而死。蜀铜山：蜀郡严道县的铜山。

②听：听任，任其。

③文字：铜钱上铸的文字。汉时钱币上有“半两”等字样表示钱币的重量大小。肉好hào：汉初铜钱为圆形方孔，“肉”指钱币圆边，“好”指中间的方孔。

④侔móu：相等，相齐。

⑤吴王：即刘濞(前215—前154)，刘邦侄子，被封为吴王。景帝时期，他招揽天下的亡命之徒，在豫

章郡私自盗铸钱币，积极扩张封国势力，意图与中央政府抗衡。后来汉景帝采纳御史大夫晁错的建议，削夺王国封地。刘濞借着诛杀皇帝身边奸臣晁错的名义，联合楚、赵等国叛乱，史称“七国之乱”。叛乱被平定后，刘濞自杀。

译文

汉文帝的时候，赏赐给邓通蜀郡严道县的铜山，并听任他私自铸造铜钱。邓通铸造的铜钱，钱币上的文字以及圆边方孔，和皇帝铸造的钱币一模一样，所以他的财富几乎与皇帝不相上下。当时吴王刘濞也有铜山可以铸币，所以市面上也有吴钱。吴钱（比皇帝铸的钱）稍微重一些，但钱币上的文字和圆边方孔与汉朝铸造的铜钱没有什么差别。

六十七　俭葬反奢

杨贵①，字王孙，京兆人也②。生时厚自奉养③，死卒裸葬于终南山④。其子孙掘土凿石，深七尺而下尸，上复盖之以石，欲俭而反奢也。

注释

①杨贵：汉武帝时人，爱好黄老之术，家有千金。因为追求道家的返本归真思想，反对当时厚葬的不良风气，所以临死时告诫后人将自己薄葬。

②京兆：即京兆尹，汉代三辅之一。京兆尹既是职官名又是政区名，治所在今西安市长安区，辖区包括今西安市以东、秦岭以北、渭河以南及河南省一小部分地区。

③厚自奉养：生活过得很优裕。

④终南山：秦岭支脉之一，在西安市南。

译文

杨贵，字王孙，是京兆尹人。他活着的时候生活得很优裕，死后最终裸葬在终南山上。他的子孙们在终南山挖土凿石，挖了七尺深才把尸体安葬下去，再用石块把尸体覆盖，这真是想要节俭反而更浪费了。

六十八　介子弃觚

傅介子年十四[①]，好学书，尝弃觚而叹曰[②]："大丈夫当立功绝域，何能坐事散儒[③]！"后卒斩匈奴使者，还拜中郎[④]。复斩楼兰王首[⑤]，封义阳侯[⑥]。

注释

①傅介子(?—前65)：北地义渠(今甘肃省宁县)人，西汉时期著名使者。他生性机智果断，为辅政大臣霍光所赏识。昭帝时，他出使楼兰、龟兹，责备两国勾结匈奴杀害汉朝使者，劫掠财物。两国服罪，并协助他诛杀匈奴使者。下文"斩匈奴使者"即指此事。昭帝元凤四年（前77），因为楼兰王反复无常，他再次出使西域，并在宴席上刺杀楼兰王，因而被封为义阳侯。

②觚 gū：古人学习书写时使用的木棱简。

③散儒：散漫而不自我约束的儒生。

④中郎：官名，西汉郎官的一种，即省中之郎，为帝王近侍官。战国始设，汉代沿置，秩比两千石，属郎中令。掌管车、骑、门户，担任皇帝的侍卫和随从；也常被派作使者，代表皇帝巡视地方或者郡国。汉平帝时设置中郎将，也简称中郎，是中郎各署的长官。

⑤楼兰：西域古国名，在今新疆维吾尔自治区罗布泊西及西南地区。楼兰名称最早见于《史记》，是丝绸之路必经之地。傅介子斩杀楼兰王后改其国名为鄯善。

⑥义阳：春秋时为申国属地，西汉时为平氏县（治所在今河南省桐柏县西北平氏镇）义阳乡。义阳侯当为乡侯，食邑当为义阳乡。

译文

傅介子十四岁的时候，喜好学习写字，曾经扔掉学习书写的木简，感慨地说："大丈夫应该在边疆地区建功立业，怎么能在这儿当一个散漫而不能自我约束的儒生呢？"后来他最终在楼兰斩杀匈奴的使者，回到汉朝后被拜为中郎。后来他又砍下楼兰王的首级，（因为这个功劳而）被封为义阳侯。

六十九　曹敞收葬吴章

余少时，闻平陵曹敞在吴章门下[①]，往往好斥人过[②]，或以为轻薄，世人皆以为然。章后为王莽所杀[③]，人无有敢收葬者，弟子皆更易姓名，以从他师。敞时为司徒掾[④]，独称吴章弟子，收葬其尸，方知亮直者不见容于冗辈中矣[⑤]。平陵人生为立碑于吴章墓侧，在龙首山南幕岭上[⑥]。

注释

①平陵：县名。汉昭帝的陵墓平陵在此，所以在这里设县。曹敞：人名，生平不详。根据《汉书·云敞传》，曹敞与云敞事迹相同，曹敞似乎应该就是云敞。云敞，字幼儒，平陵人，向同县吴章学习经书，后来担任博士。吴章：字伟君，平陵人。曾向当时《尚书》大夏侯学派的大师许商学习，是当时有名的儒学大师。平帝初年，王莽擅权，因害怕平帝外戚卫氏夺权而不允许卫氏居住在京师。吴章与王莽长子策划用血涂抹王莽居所的大门，以此恐吓王莽改变主意，但事发后被杀。下文“章后为王莽所杀”即指此事。

②过：过失。

③王莽（前45—23）：字巨君，元城（今河北省大名）人。他是汉元帝皇后王政君的侄子，西汉外戚王氏家族的重要成员，继其叔父王根之后担任大司马，执掌朝政多年。他早年谦恭俭让，礼贤下士，在朝野素有威名。西汉平帝死后，他建立新朝，史称“新莽”。执政后推行一系列改革，虽有新意，但因改易频繁，又不结合实际，最终加剧了社会矛盾，爆发了绿林、赤眉起义。王莽后来也被响应起义的商人杀死。

④司徒掾：官职，司徒府的属官。司徒，周代六卿之一，掌教化。汉哀帝时期，改丞相为大司徒，与大司马、大司空并称三公。掾，西汉各级政府主要文吏的通称。

⑤亮直：忠诚、耿直。见：被。容：容忍。冗辈：凡庸之辈。

⑥南幕岭：不详所在，疑“幕”为衍文。

译文

我年轻的时候，听说平陵人曹敞在吴章门下学习，常常喜欢斥责别人的过失。有人以为他为人轻薄，当时人都认同这个评价。吴章后来被王莽杀害，没有人敢给他收葬，他的弟子也纷纷改换名姓，改投到其他经师门下。曹敞这时担任司徒府的属官，唯有他自称是吴章的弟子，为吴章收葬。(通过这件事,）人们才知道忠正耿直的人是不被平凡庸碌的人所容忍的。平陵人在他活着的时候在吴章的墓旁为他立了一块碑，就在龙首山的南岭上。

七十　文帝思贤苑

文帝为太子立思贤苑[①]，以招宾客。苑中有堂隍六所[②]。客馆皆广庑高轩[③]，屏风帏褥甚丽[④]。

注释

①太子：即刘启，后来的汉景帝。思贤苑：西汉宫苑名。

②堂隍 huáng：带前庭的堂屋，指高大的殿堂。

③广庑 wǔ 高轩：形容房屋高大宽敞。庑，高堂下周围的廊屋厢房。轩，堂前屋檐下的平台。

④帏 wéi 褥：帷帐被褥。

译文

文帝为太子刘启建造了一座思贤苑来招纳宾客。苑中有六座高大的殿堂。宾客居住的馆舍都高大宽敞，气势非凡，里面的屏风、帷帐、被褥等也都很华丽。

七十一　广陵王死于力

广陵王胥有勇力[①]，常于别囿学格熊[②]。后遂能空手搏之，莫不绝脰[③]。后为兽所伤，陷脑而死[④]。

注释

①广陵王胥：汉武帝与李夫人所生之子。被封为广陵王，封国在今天的江苏省扬州一带。喜好倡乐逸游，力能扛鼎，能空手与熊彘等猛兽搏斗。

②囿：蓄养禽兽的园地。格：打击，抗拒。

③绝脰 dòu：打断脖颈。脰，脖颈。

④陷脑：脑袋被击碎。

译文

广陵王刘胥勇武有力气，常常在苑囿中学习与熊格斗。后来终于能够空手与熊搏斗，每次都能将熊拧断脖颈。刘胥后来在与野兽搏斗时受伤，因脑袋被击碎而死亡。

七十二　辨《尔雅》

郭威[①]，字文伟，茂陵人也[②]。好读书，以谓《尔雅》周公所制[③]，而《尔雅》有“张仲孝友”[④]，张仲，宣王时人[⑤]，非周公之制明矣。余尝以问扬子云[⑥]，子云曰：“孔子门徒游、夏之俦所记[⑦]，以解释六艺者也[⑧]。”家君以为：“《外戚传》称‘史佚教其子以《尔雅》’[⑨]，《尔雅》，小学也[⑩]。”又《记》言[⑪]：“孔子教鲁哀公学《尔雅》。”《尔雅》之出远矣。旧传学者皆云周公所记也，“张仲孝友”之类，后人所足耳[⑫]。

注释

①郭威：人名，生平不详。

②茂陵：汉代县名。

③《尔雅》：我国最早解释词义的专著，也是考证词义和古代名物的重要资料。原书由汉初学者缀辑战国、秦汉诸书旧文递相增补而成。今本十九篇，开头三篇《释诂》《释言》《释训》所收为一般词语，将古书中同义词分别归并为各条，每条用一个通用词解释。《释亲》《释宫》《释器》以下各篇是关于各种名物的解释。后世经学家常常用以解说儒家经义，至唐宋时成为“十三经”

之一。周公：姓姬，名旦，周文王之子，武王之弟。因采邑在周（今陕西省岐山县北），故称“周公”。周武王死后，成王年幼，周公辅政。他的弟弟管叔、蔡叔、霍叔等不满，联合商纣王之子武庚和东方夷族发动叛乱。周公出师东征，平定叛乱，大规模分封诸侯，并营建东都洛邑（今河南省洛阳市）。又制作礼乐，建立典章制度，是古代不可多得的政治家和思想家，在儒家经典中被尊称为圣人。

④《尔雅》有“张仲孝友”：《尔雅·释训》中有“张仲孝友，善父母为孝，善兄弟为友”句。

⑤宣王：这里指周宣王。《诗经·六月》记载：“侯谁在矣，张仲孝友。”《毛诗故训传》记载：“张仲，贤臣也。”郑玄《毛诗》笺注说：“张仲，吉甫之友，其性孝友。”张仲与尹吉甫为友，尹吉甫为周宣王时的重臣，离周公时代相差三百余年，所以周公不可能记载张仲事迹。

⑥扬子云：即扬雄。

⑦孔子（前551—前479）：名丘，字仲尼，鲁国人，春秋末期思想家、政治家、教育家，儒家学派的创始人。游、夏：即子游、子夏，二人均是孔子的得意门徒。俦chóu：同辈，伴侣。

⑧六艺：指儒家的六部经书，即《诗》《书》《礼》《易》《乐》《春秋》。

⑨《外戚传》：书篇名。外戚是帝王的母族或妻族。史佚：周初史官。

⑩小学：文字训诂学的专称。隋唐以后小学又分为训诂学、文字学、音韵学三类。

⑪《记》：指《大戴礼记·小辨》。鲁哀公：春秋末鲁国国君，前494—前468年在位。

⑫足jù：增补。

译文

郭威，字文伟，是茂陵县人。他喜欢读书，认为人们说《尔雅》是周公所著，《尔雅》有“张仲孝友”的句子，而张仲是周宣王时候的人，所以《尔雅》不是周公写的，这是很显然的事。我曾经拿这件事问扬雄，他回答说：“这是孔子的门徒子游、子夏这些人所记，用以解释六经的。”我父亲认为：“《外戚传》说‘史佚用《尔雅》来教导他的儿子’，《尔雅》，是文字训诂学。”《大戴礼记》上面说：“孔子教鲁哀公学习《尔雅》。”可见《尔雅》这本书很早就有了。以前那些传授儒家经书的人都认为《尔雅》是周公所作，“张仲孝友”这类文字，是后人添补的。

七十三　袁广汉园林之侈

茂陵富人袁广汉[①]，藏镪巨万[②]，家僮八九百人。于北邙山下筑园[③]。东西四里，南北五里，激流水注其内[④]。构石为山[⑤]，高十余丈，连延数里。养白鹦鹉、紫鸳鸯、牦牛、青兕[⑥]，奇兽怪禽，委积其间[⑦]。积沙为洲屿[⑧]，激水为波潮，其中致江鸥海鹤[⑨]，孕雏产彀[⑩]，延漫林池。奇树异草，靡不具植。屋皆徘徊连属[⑪]，重阁修廊，行之，移晷不能遍也[⑫]。广汉后有罪诛[⑬]，没入为官园，鸟兽草木，皆移植上林苑中。

注释

①袁广汉：人名，生平不详。

②镪 qiǎng：通“镪”，穿钱的绳子，引申为钱。

③北邙 máng 山：即北芒岩，又称“北邙坂”，在汉长安城北，今咸阳北至兴平市一带。与洛阳北邙山同名异地。

④激：阻碍。

⑤构：组合，衔接。

⑥兕 sì：雌性犀牛。

⑦委积：集聚。

⑧洲屿：水中沙洲。

⑨致：招引。

⑩彀kòu：刚刚出生，还需要母鸟哺育的幼鸟。

⑪徘徊：在一个地方来回地走，此处指房屋回旋往返的样子。连属：相连。

⑫移晷guǐ：日影随着时间移动，指时间长久。晷，即日晷，古代观察太阳影子的移动以确定时间的计时仪器。

⑬诛：诛杀，把罪人杀死。

译文

茂陵县有个富人叫袁广汉，家财不计其数，有僮仆八九百人。他在北邙山下修筑了一处园林。园林东西四里宽，南北有五里长，并且阻挡流水，把它引到园子里去。园内架石为山，有十几丈高，绵延好几里地。园子里还饲养有白鹦鹉、紫鸳鸯、牦牛、青兕等，各种珍奇的飞禽走兽，都聚集在这里。又用泥沙在水中堆积为小沙洲，激荡水流掀起波浪。园中招来了江鸥海鹤等飞鸟，让它们在这里怀胎生子，繁衍生息，遍布整个园林。这里面奇花异草，没有不种植的。园中房屋都回旋相连，楼阁和走廊重重叠叠，在里面行走，很久才能走完一圈。袁广汉后来因有罪而被诛杀，这个园子也被收归官府所有，里面的鸟兽和草木都被移到上林苑中去了。

七十四　五柞宫石骐驎

五柞宫有五柞树[①]，皆连抱，上枝荫覆数亩。其宫西有青梧观[②]，观前有三梧桐树。树下有石骐驎二枚[③]，刊其胁为文字[④]，是秦始皇骊山墓上物也[⑤]。头高一丈三尺。东边者前左脚折，折处有赤如血。父老谓其有神，皆含血属筋焉[⑥]。

注释

①五柞 zuò 宫：西汉离宫，建于汉武帝后元二年（前87），故址在今陕西周至县东南。因为宫里有五棵柞树，所以因树命名。柞，柞树，亦称“凿刺树”“冬青”，分布于我国西部、中部至东南部地区，木材坚硬，常被用来制作家具。

②青梧观：宫观名，地址不详。

③骐 qí 驎 lín：即麒麟，中国古代传说中的一种神兽，形状像鹿，独角，全身有鳞甲，尾巴像牛。麒麟在我国是吉祥的象征，与凤、龟、龙合称为“四灵”。

④刊：雕刻。胁：胸部两侧。

⑤秦始皇（约前259—前210）：即嬴政，秦庄襄王之子，战国时期秦国国君、秦王朝的建立者，前246—前210年在位。他喜好法家学说，重用法家

代表人物李斯，并派王翦等大将陆续进攻东方各国，最终在前221年统一六国，建立了中国历史上第一个中央集权的封建王朝。统一之后，他确立了皇帝的至尊地位；在中央设三公九卿，在地方实行郡县制；统一货币、文字、度量衡等；修建驰道、直道，在今云南、贵州地区修造五尺道，在广西开凿灵渠，加强全国的水陆交通。又派兵北击匈奴，筑长城；南平百越，设立闽中、桂林、南海、象郡。这些措施都有助于巩固统一和推动经济、文化的发展。为了加强思想统治，他还焚烧过去各国的史书和民间所藏的儒家经典以及诸子书籍，实行文化专制主义。他是我国古代一位具有雄才大略的君主，但在他统治期间，大兴土木，修造皇陵、阿房宫、长城等工程，加剧了人民负担，再加上严刑峻法，他死后不久就爆发了农民大起义。

骊山墓：即秦始皇嬴政的陵墓，位于陕西省临潼市临潼区骊山脚下。秦始皇自即位时就开始修建自己的陵园，历时将近四十年。据史书记载，陵墓内部奢华至极。1974年，曾在皇陵东侧发现一武士头俑，后在此处发掘兵马俑坑三个。骊山，秦岭支脉，因山形远看似骏马而得名。山上温泉众多，风景秀丽，周、秦、汉、唐以来，一直是皇家游览胜地。

⑥属：连接。

译文

五柞宫有五棵柞树，都有两个人合抱那么粗，树顶上枝叶的阴影能够遮盖好几亩地。五柞宫西边有一个青梧观，观前面有三棵梧桐树。树底下有两只石雕的麒麟，在麒麟的胸部两侧刻有文字，（说明它）是秦始皇骊山陵墓上的东西。麒麟头有一丈三尺高。东边那一只麒麟的左前脚断了，断裂处有暗红色像血一样的东西。当地的老百姓都说这两只麒麟有神灵，都是含血连筋的。

七十五　咸阳宫异物

高祖初入咸阳宫①，周行库府，金玉珍宝，不可称言②。其尤惊异者，有青玉五枝灯，高七尺五寸，下作蟠螭③，以口衔灯，灯燃，鳞甲皆动，焕炳若列星而盈室焉④。复铸铜人十二枚，坐皆高三尺⑤，列在一筵上⑥，琴筑笙竽⑦，各有所执，皆缀花彩，俨若生人⑧。筵下有二铜管，上口高数尺，出筵后。其一管空，一管内有绳，大如指，使一人吹空管，一人纽绳⑨，则众乐皆作⑩，与真乐不异焉。有琴长六尺，安十三弦，二十六徽⑪，皆用七宝饰之，铭曰："璠玙之乐⑫。"玉管长二尺三寸，二十六孔，吹之则见车马山林，隐辚相次⑬，吹息，亦不复见，铭曰："昭华之琯⑭。"有方镜，广四尺，高五尺九寸，表里有明⑮，人直来照之⑯，影则倒见。以手扪心而来⑰，则见肠胃五脏，历然无碍⑱。人有疾病在内，则掩心而照之，则知病之所在。又女子有邪心⑲，则胆张心动。秦始皇常以照宫人，胆张心动者则杀之。高祖悉封闭以待项羽⑳，羽并将以东㉑，后不知所在。

注释

①高祖初入咸阳宫：公元前206年，刘邦率军攻入咸阳，秦王子婴投降。咸阳宫，秦皇宫，在今陕

西省咸阳市东北。秦孝公十二年（前350）在渭水北侧筑城，并将都城由栎阳迁到此处。因城在九嵕zōng山之南，渭水之北，在山、水之阳，故称咸阳。自孝公开始，以渭水为中轴线，大造宫室，有咸阳宫、章华宫、兴乐宫、华阳宫等宫殿。秦始皇统一六国后，又陆续扩建，在咸阳城北仿造六国宫殿，并且在上林苑中修阿房宫，但最终未能完工。据传，项羽进入咸阳后，将秦朝宫殿全部付之一炬。

②称言：用语言来形容。

③蟠螭：盘曲的龙。

④焕huàn炳bǐng：明亮的样子。列星：众星。盈：充满。

⑤坐：通“座”，即底座。

⑥筵：垫底的竹席。

⑦琴筑笙shēng竽yú：均为古代民族乐器。

⑧俨：俨然，就像。

⑨纽：用同“扭”。

⑩作：兴起。

⑪徽：系琴弦的绳子，后指七弦琴琴面十三个指示音节的标识。

⑫璠fán玙yú：春秋时期鲁国所产的美玉名，此处用美玉来形容音乐。

⑬隐辚lín：隐然飘忽的车声。相次：前后相接。

⑭琯：同“管”，古乐器名。用玉制成，六孔，像笛。

⑮有明：透明。

⑯直：词类活用，形容词作动词用，面对。

⑰扪 mén：抚摸。

⑱历然：清晰的样子。

⑲邪心：不正当的念头。

⑳高祖悉封闭以待项羽：高祖和项羽相约，二人先入关者为王。后来高祖先攻入咸阳城，本想把秦朝的财宝美女留给自己，但因为实力不如项羽，所以后来听从下属的建议，把秦朝的宫室府库都封藏，等待项羽来接收。项羽（前232—前202），名籍，字羽，下相（今江苏省宿迁西南）人，秦末农民起义军领袖。秦末跟随叔父项梁在吴（今江苏省苏州）起义。项梁战死后，秦将章邯围攻赵国，楚怀王任命宋义为上将军，项羽为次将，率军救赵。宋义为保存实力，在中途逗留不进，项羽杀死宋义，率军渡过漳水，在巨鹿之战中摧毁秦军主力。秦亡后，自立为西楚霸王，并大封诸侯。楚汉战争中，为刘邦击败，最后从垓下突围到乌江（今安徽省和县东北），兵败自杀。

㉑将以东：项羽进入咸阳以后，杀秦王子婴，焚烧秦国宫室，并拒绝了谋士定都关中的建议，携带秦朝的珍宝美女回到彭城。将，携带。东，方位名词后用为动词，向东边走。

译文

汉高祖刘邦第一次进入咸阳宫，在宫中的库房里走了一圈，发现里面的奇珍异宝根本就无法用语言形容。其中最让人感到惊异的是一个青玉五枝灯。这个灯有五尺七寸高，下面做了一个盘曲的龙，龙嘴里衔着灯，灯点燃的时候，龙身的鳞甲都在颤动，闪闪发亮，好像很多星星挤在屋里。还铸造了十二个铜人，底座都有三尺高，一起围坐在一个筵席上面，有琴、筑、笙、竽等乐器，每个人手里都拿一样。铜人身上也都点缀着彩色花纹，神情庄重，好像活人一样。筵席下面有两只铜管，上面的口有好几尺高，一直延伸到筵席的后面。其中有一只管子是空的，另外一只管内有绳子，粗如手指，让一个人吹空管，一个人拉绳，各种乐器就一起吹奏起来，与真的乐器演奏没有什么两样。有一把琴长约六尺，上面安着十三根弦，二十六个琴徽，用各种宝物装饰着，琴上面还刻有“璠玙之乐”四字。有一支玉管长二尺三寸，有二十六个孔，吹起玉管，仿佛能看见车马穿过山林，听到车马前后相接驶过的隐隐约约的声音。吹奏停止，这些景象也就看不见了。玉管上刻有“昭华之琯”四字。还有一枚方镜，宽四尺，高五尺九寸，里外透明，人对着镜子照，镜子里面的人影则是倒着的。用手抚摸着心脏来照，就能看见肠胃和五脏，没有遮挡，十分清晰。人体内如果有疾病，捂着心脏来照，就能知道病在哪里。另外，如果女子有坏心思，照了镜子，就会胆张心动。秦始皇常常用这面镜子来照宫女，遇到胆张心动的就杀掉。高祖把这些宝物都全部封藏起来等待项羽的到来，项羽把这些东西全部带到东方去了，后来不知所踪。

七十六　鲛鱼荔枝

尉佗献高祖鲛鱼、荔枝[①]，高祖报以蒲桃锦四匹[②]。

注释

①尉佗：即赵佗，因秦末时担任南海尉，又称尉佗。鲛鱼：海鲨。荔枝：原产于我国南部，广东、广西、福建、四川、云南、台湾等地栽培最多。因北方没有荔枝，所以尉佗才将荔枝作为珍奇的水果献给高祖。

②报：回报，回赠。蒲桃锦：织有葡萄花纹的锦缎。蒲桃，即葡萄。

译文

南越王尉佗向汉高祖进献海鲨和荔枝，高祖回赠给他蒲桃锦四匹。

七十七　戚夫人侍儿言宫中乐事

戚夫人侍儿贾佩兰①，后出为扶风人段儒妻②。说在宫内时，见戚夫人侍高帝，尝以赵王如意为言③，而高祖思之，几半日不言，叹息悽怆，而未知其术④，辄使夫人击筑⑤，高祖歌《大风诗》以和之⑥。又说在宫内时，尝以弦管歌舞相欢娱，竞为妖服⑦，以趣良时⑧。十月十五日，共入灵女庙⑨，以豚黍乐神⑩，吹笛击筑，歌《上灵》之曲⑪。既而相与连臂，踏地为节，歌《赤凤凰来》⑫。至七月七日，临百子池⑬，作于阗乐⑭。乐毕，以五色缕相羁，谓为相连爱。八月四日，出雕房北户⑮，竹下围棋，胜者终年有福，负者终年疾病，取丝缕就北辰星求长命乃免⑯。九月九日，佩茱萸⑰，食蓬饵⑱，饮菊花酒⑲，令人长寿。菊花舒时⑳，并采茎叶，杂黍米酿之，至来年九月九日始熟，就饮焉，故谓之菊花酒。正月上辰㉑，出池边盥濯㉒，食蓬饵，以祓妖邪㉓。三月上巳，张乐于流水㉔。如此终岁焉㉕。戚夫人死，侍儿皆复为民妻也㉖。

注释

①侍儿：贴身侍女。贾佩兰：人名，生平不详。

②扶风：即右扶风，汉代三辅之一。辖地在关中西部，包括今天秦岭以北，西安及泾河以西的

二十一个县。治所在汉长安城夕阳街北。

段儒：人名，生平事迹不详。

③以赵王如意言：此句当指戚夫人向刘邦提议立如意为太子。刘邦宠幸戚夫人，并且认为戚夫人之子赵王如意性格像自己，多次想废掉太子刘盈，立如意为太子。吕后和诸大臣多次反对，而刘邦坚持己见。吕后请张良出主意，张良建议她聘请四个刘邦一直想招揽的隐士为太子的宾客。后来刘邦见到这四个隐士，认为太子羽翼已成，很难动摇，所以就再也没有提出更换太子的想法了。

④术：办法。

⑤辄：动辄。

⑥《大风诗》：当是与《大风歌》相似的一种歌体。据《史记·高祖本纪》记载，刘邦称帝后，回到故乡，与父老乡亲饮酒作乐，席间刘邦击筑而歌："大风起兮云飞扬，威加海内兮归故乡，安得猛士兮守四方！"后来人们即称此歌为《大风歌》。《汉书·张良列传》记载，高祖在看到没有办法更换太子之后，让戚夫人跳楚舞，自己唱楚歌，歌的内容为："鸿鹄高飞，一举千里。羽翼以就，横绝四海。横绝四海，又可奈何！虽有缯缴，尚安所施！"情景与本故事相似，《大风诗》或许指此。和：应和。

⑦妖服：艳丽的服装。

⑧趣：名词作动词用，度过。良时：美好的时光。

⑨灵女庙：当为宫中寺庙，已无法考证。

⑩豚：小猪。黍 shǔ：一种一年生草本植物，叶成线形，果实淡黄色，去皮后称黄米，比小米稍大，煮熟之后有黏性，可用来酿酒、做糕等。

⑪《上灵》：当时祭神或娱神的乐曲名。

⑫《赤凤凰来》：古琴曲名，根据蔡邕《琴操》记载，此曲为周成王所作。

⑬百子池：不详，当为汉代宫中池名。

⑭于阗 tián：汉西域古国，在今新疆和田地区。于阗乐泛指西域少数民族的音乐。

⑮雕房：宫中专门负责雕刻的地方。北户：北门。

⑯北辰星：即北极星。古人认为北极星为众星拱卫，是众星中地位最尊贵的。汉代人认为人与天上的星星是相联系的，通过天象可以推测人的寿夭祸福。因为皇帝、后宫与北辰相对应，所以宫女才向北辰星求长命。

⑰茱 zhū 萸 yú：又称“越椒”“艾子”，是一种常绿带香的植物，有浓烈的香味，具有杀虫消毒、逐寒祛风的功能。古人以为茱萸能够辟邪，所以自汉代以来，重阳节时人们都要佩戴茱萸，祈求一年平安无灾。

⑱蓬饵：用蓬蒿制作的饼子。蓬，即蓬蒿，又叫飞蓬。饵，糕饼。

⑲菊花酒：以菊花酿制的酒。菊花性微寒，味甘苦，能够清热明目，常饮有强身益气的功效，所以被认为有长寿的作用。

⑳舒：开放。

㉑上辰：农历每月上旬的辰日。我国古代用天干地支法记日。辰日是中国天干地支纪日中的某一天，并不是特定的日子，它每隔12天就会出现一个。农历（阴历）的天干地支纪年、纪月、纪日、纪时法，是由甲、乙、丙、丁等10个天干（干，主要、主干的意思）与子、丑、寅等12个地支（每一个地支对应一个属相）一一轮流相对应组合得出的，因10与12的最小公约数为60，故每60年、60个月、60日、60个时辰轮回一次。这种纪年、纪月、纪日、纪时法在中国运用了很长时间，影响非常深远，至今仍在使用。

㉒盥 guàn 濯 zhuó：洗去污垢。盥，洗手。濯，洗去污垢。

㉓祓 fú：古代消灾祈福的仪式。

㉔张乐于流水：在流水边演奏音乐。

㉕终：过完，结束。

㉖复：出宫。

译文

戚夫人的侍女贾佩兰，出宫之后嫁给扶风人段儒做妻子。她说在宫里的时候，看见戚夫人侍奉汉高祖，曾经向高祖诉说赵王如意的事情，高祖在那里思考，但好半天都不说话，只是唉声叹气，神色凄切悲伤，却想不出什么好办法来，就让戚夫人击筑，自己唱《大风歌》来与筑声相应和。贾佩兰又说她在宫里的时候，曾经用弦管乐器伴奏歌舞来互相娱乐，大家竞相穿上艳丽的服装，来度过美好的时光。十月十五日，大家一起去灵女庙，用小猪、黍米酒祭神，吹笛击筑，唱《上灵》的曲子；然后又相互手拉着手，以脚踏地为节拍，唱《赤凤凰来》的歌曲。到了七月七日，大家又一起来到百子池边，演奏于阗的乐曲；演奏完之后，用五彩的丝线相互牵着，叫作相连爱。八月四日，从雕房北门出去，到竹林里下棋，获胜的人这一年都会有福气，输的人就会一年有病，但如果输的人取丝线向北极星祈求长命百岁则可幸免。九月九日重阳节，要佩戴茱萸，吃蓬蒿饼，喝菊花酒，这样会使人长寿。菊花开的时候，采摘它的茎和叶，掺杂着黍米，一起酿酒，等到来年的九月九日酒才算酿好，然后才可以喝，所以称它为菊花酒。正月的第一个辰日，宫女们要到水池边洗手，洗去污垢，吃蓬蒿饼，然后举行仪式来驱邪除妖。三月的第一个巳日，要在流水边演奏音乐。宫女们就这样过完一年。戚夫人死后，她的侍女们都出宫嫁给平民。

七十八　何武葬北邙

何武葬北邙山薄龙坂[1]，王嘉冢东北一里[2]。

注释

①何武（？—3）：字君公，蜀郡郫县（今四川省郫县北）人。历任司隶校尉、京兆尹、廷尉、御史大夫等重要官职。成帝时担任大司空，封汜乡侯。曾与丞相孔光一起拟定限田、限奴婢等方案，遭到贵族的反对。王莽执政时，被诬陷而死。薄龙坂：当在北邙山上。坂，山坡。

②王嘉：字公仲，西汉平陵（今陕西省咸阳市西北）人。哀帝时担任丞相，封新甫侯。因为力主革除弊政而得罪权贵董贤等人，被捕入狱而死。

译文

何武死后葬在北邙山的薄龙坂上，王嘉墓东北一里远的地方。

七十九　杜子夏自作葬文

杜子夏葬长安北四里①，临终作文曰："魏郡杜邺②，立志忠款③。犬马未陈④，奄先草露⑤。骨肉归于后土⑥，气魂无所不之。何必故丘⑦，然后即化⑧。封于长安北郭⑨，此焉宴息⑩。"及死，命刊石，埋于墓侧。墓前种松柏树五株，至今茂盛。

注释

①杜子夏(?—前2)：即杜邺，字子夏，西汉大臣，西汉名臣张敞的外孙。原籍为魏郡繁阳(今河南省内黄县东北)，汉武帝时其祖父徙居茂陵。杜邺失去双亲，随舅父张吉生活。初以孝廉为郎，后受大司马王商赏识而被擢为主簿，不久又被荐为御史。哀帝即位之初，被任命为凉州刺史。哀帝元寿元年（前2）举方正，上对策，针对哀帝重用外戚傅氏，主张限制外戚干政。不久病死。

②魏郡：郡名。汉高祖十二年（前195）置，治所在邺（今河北省临漳西南），辖区包括今河北省大名、磁县、涉县、武安、临漳、肥乡、魏县、丘县、成安、广平、馆陶，河南省滑县、浚县、内黄以及山东省冠县等县市。

③忠款：忠诚专一。款，诚恳。

④犬马未陈：此句指元寿二年的对策，虽然上奏，但并未被哀帝采纳，没有尽到对皇帝的忠诚，一展抱负。犬马，古代臣子面对君王时对自己的卑称。陈，陈述，表达。

⑤奄：突然。先草露：即先于草尖上的露珠陨落。草露，比喻生命之短暂，如草上的露水，随时会滴落消失。

⑥骨肉：肉体。后土：古代称土地之神为后土，这里与皇天相对，指土地。

⑦故丘：故乡。古人常常希望死后落叶归根，返葬故乡。

⑧化：死亡的委婉说法。

⑨封：聚土作坟墓。郭：外城。

⑩宴息：安息。

译文

杜子夏死后葬在长安城外向北四里远的地方。他临死前自己写了一篇墓志铭，说："魏郡杜邺，立志忠款。犬马未陈，奄先草露。骨肉归于后土，气魂无所不之。何必故丘，然后即化。封于长安北郭，此焉宴息。"（魏郡的杜邺，立志忠诚。尚未为国尽忠效力，就忽然先于草露而死亡。身体骨肉埋葬于土地之中，魂魄随处飞扬。死后何必归葬故乡呢？就把我埋在长安的北外城吧，我就在这里安息了。）等到他死的时候，就让人把这篇文字刻在石头上，埋在墓的一边。墓的前面种有五株松柏，到现在还生长得很茂盛。

八十　淮南《鸿烈》

淮南王安著《鸿烈》二十一篇[1]。鸿，大也；烈，明也。言大明礼教。号为《淮南子》，一曰《刘安子》。自云："字中皆挟风霜[2]。"扬子云以为一出一入。

注释

①淮南王安：淮南王刘安，喜好道家黄老学说，曾召集一批学者撰有《淮南鸿烈》一书。《鸿烈》：即《淮南鸿烈》，又名《淮南子》。此书为刘安招致宾客，在他主持下共同讨论完成的。原有内外篇，今仅存内篇二十一。根据高诱序言，"鸿"是广大的意思，"烈"是光明的意思。原作者认为此书包括了广大而光明的通理。全书内容庞杂，它将道、阴阳、墨、法和一部分儒家思想糅合起来，但主要的宗旨是倾向于道家的。《汉书·艺文志》则将它列入杂家。该书是对西汉前期道家思想系统而详尽的总结，是研究黄老思想的极其宝贵而丰富的资料。

②风霜：比喻文字严峻。

译文

淮南王刘安著有《淮南鸿烈》二十一篇。鸿，广大的意思。烈，明亮的意思。（取这个名字是）说明此书是弘扬并阐明礼教的。此书被称为《淮南子》，又叫《刘安子》。淮南王称“书中文字都带着严峻肃杀之气。”扬雄认为这两种说法与原书都不尽相符。

八十一　公孙子

公孙弘著《公孙子》[1]，言刑名事[2]，亦谓字直百金。

注释

①《公孙子》：《汉书·艺文志》中有儒家类著录《公孙弘》十篇，现已失传，疑即此书。

②刑名事：即刑名之学，古代论述名实关系的思想流派，属法家。战国时，以申不害为代表的学派主张循名责实，慎赏明罚，巩固统治基础。后人称为"刑名之学"，亦省作"刑名"。

译文

公孙弘著有《公孙子》，是讲述刑名之学的书，也有人称此书一字价值百金。

八十二　长卿赋有天才

司马长卿赋[①]，时人皆称典而丽[②]，虽诗人之作[③]，不能加也。扬子云曰："长卿赋不似从人间来，其神化所至邪？"子云学相如为赋而弗逮[④]，故雅服焉[⑤]。

注释

①司马长卿：即司马相如。

②典：典雅。丽：华丽、华美。

③诗人之作：《诗经》作者的作品。扬雄《法言》中说："诗人之赋丽以则，辞人之赋丽以淫。"

④逮：及。

⑤雅服：极为佩服。

译文

司马相如创作的赋，当时的人都称赞它典雅而又艳丽，即使是诗人的作品，也不能超越它。扬雄说："司马长卿的赋不像是人间产生出来的，难道是神灵化育出来的吗？"扬雄学司马相如写赋，却赶不上他，所以对司马相如极为佩服。

八十三　赋假相如[1]

长安有庆虬之[2]，亦善为赋。尝为《清思赋》[3]，时人不之贵也[4]，乃讬以相如所作，遂大见重于世[5]。

注释

①假：借，假托。

②庆虬 qiú 之：人名，生平不详。

③《清思赋》：赋名，今已失传。

④贵：重视。

⑤见重于世：被世人很看重。重，看重，形容词活用为动词。于，表被动。

译文

长安城中有个叫庆虬之的人，也善于创作赋。他曾经写过一篇《清思赋》，（因为他没有名气）当时人不怎么看重这篇赋，后来他假托这篇赋是司马相如创作的，《清思赋》就得到了当时人的推崇。

八十四　大人赋

相如将献赋[1]，未知所为。梦一黄衣翁谓之曰："可为《大人赋》。"遂作《大人赋》，言神仙之事以献之。赐锦四匹。

注释

①献赋：向皇帝献上自己创作的赋，以期受到皇帝的赏识而封官。汉代以来，向君主进献文学作品，成为文人的风尚，也是仕途升迁的捷径之一。

译文

司马相如想向皇帝进献自己创作的赋，但不知道写什么内容好。一天夜里梦到一个穿黄衣服的老头对他说："可以创作《大人赋》。"于是他就写了《大人赋》，叙说关于神仙的事情，进献给汉武帝。汉武帝赏赐给他锦缎四匹。

八十五　白头吟

相如将聘茂陵人女为妾①，卓文君作《白头吟》以自绝②，相如乃止。

注释

①聘：娶。

②《白头吟》：乐府楚调曲调名。今存古辞，写男有二心，女来决绝，“愿得一心人，白首不相离”，故称《白头吟》。后世多用此调写妇女被遗弃的题材，但是看其诗的风格，不像汉诗，应为后人假托而作。自绝：决绝。

译文

司马相如将要娶茂陵县一户人家的女儿为妾，卓文君就创作了一首《白头吟》，以此来表达自己与司马相如的决绝之心。司马相如（看了此诗）就没有再纳妾。

八十六　樊哙问瑞应

樊将军哙问陆贾曰[①]："自古人君皆云受命于天，云有瑞应[②]，岂有是乎？"贾应之曰："有之。夫目瞤得酒食[③]，灯火华得钱财[④]，干鹊噪而行人至[⑤]，蜘蛛集而百事喜。小既有征[⑥]，大亦宜然[⑦]。故目瞤则咒之[⑧]，火华则拜之，干鹊噪则餧之[⑨]，蜘蛛集则放之。况天下大宝[⑩]，人君重位，非天命何以得之哉？瑞者，宝也，信也。天以宝为信，应人之德，故曰瑞应。无天命，无宝信，不可以力取也。"

注释

①樊将军哙 kuài：即樊哙（？—前189），秦末沛县（今江苏省沛县）人，西汉开国元勋之一。樊哙出身寒微，早年曾以屠狗为业，后追随刘邦，屡立战功。刘邦进入咸阳后，他劝谏刘邦不要贪取秦朝宫室的珍宝美女，后又在鸿门宴上斥责项羽，救走刘邦。西汉建国后，被任命为左丞相，封舞阳侯。陆贾（约前240—前170）：汉初政治家、文学家、思想家。刘邦起事时，因陆贾口才好、善辩论，常派他出使各诸侯国。汉朝建国后，劝谏刘邦改革统治策略，并总结秦所以失天下、汉所以得天下的原因，撰写成《新语》一

书。他曾两次出使南越，为巩固南方边境的安定，做出了重要贡献。

②瑞应：祥瑞的感应。汉代讲究天人感应，认为君主有德行，那么上天就会降祥瑞来表彰。

③瞤 shùn：目动，即眼皮跳。有的地方认为两眼眼皮跳与福祸相对应。

④灯火华：油灯芯上爆出火花。

⑤干鹊：喜鹊。现在民间仍然认为喜鹊叫预示有贵客来临。

⑥征：迹象或征兆。

⑦宜然：应当这样。

⑧咒：祷告。

⑨倭 wèi：同“喂”。

⑩大宝：最珍贵的东西，通常指帝位。

译文

樊哙问陆贾说：“自古以来，君主都说帝位来自上天的安排，说有祥瑞的征兆，真有这回事吗？”陆贾回答说：“有的。眼皮跳，就会有酒肉吃；灯花闪烁，就会获得钱财；喜鹊叽叽喳喳地叫，就表示有客人要到了；蜘蛛聚集在一起，就表示诸事顺利。这些小事都有征兆，大的事情也应当是这样。所以，眼皮跳就祷告，灯花闪就拜谢，喜鹊叫就喂食给它，蜘蛛聚集在一起，就听之任之。何况帝位是天下最宝贵的东西，没有天命怎么能够得到呢？祥瑞，就是宝物，就是凭据。上天用宝物作为信物，对应人的德行，所以称为瑞应。没有天命，没有宝物作为凭据，（帝位）是不可以凭借蛮力就能够得到的。”

八十七　霍妻双生

霍将军妻一产二子[①]，疑所为兄弟[②]。或曰："前生为兄，后生者为弟。今虽俱日[③]，亦宜以先生为兄[④]。"或曰："居上者宜为兄，居下者宜为弟，居下者前生，今宜以前生为弟。"时霍光闻之曰："昔殷王祖甲一产二子[⑤]，曰嚣，曰良[⑥]。以卯日生嚣，以巳日生良[⑦]，则以嚣为兄，以良为弟。若以在上者为兄，嚣亦当为弟。昔许釐公一产二女[⑧]，曰妜[⑨]，曰茂。楚大夫唐勒一产二子[⑩]，一男一女，男曰贞夫，女曰琼华。皆以先生为长。近代郑昌时、文长倩并生二男[⑪]，滕公一生二女[⑫]，李黎生一男一女[⑬]，并以前生者为长。"霍氏亦以前生为兄焉。

注释

①霍将军妻：即霍显。霍将军，霍光。

②兄弟：哥哥和弟弟。

③俱日：同一日。

④先生：先出生的人。

⑤殷王祖甲：又名帝甲，商朝第二十二代君王，祖庚之弟，武丁之子。

⑥良：即帝庚丁。帝甲死后，继任国君。

⑦卯日、巳日：古时以天干、地支纪日，十二地支

分别为子、丑、寅、卯、辰、巳、午、未、申、酉、戌、亥，卯日在巳日前两天。

⑧许釐公：春秋时期许国国君。

⑨妜jué：貌美的意思。

⑩唐勒：战国时期楚国著名辞赋家，和宋玉、景差同时，生平不详。

⑪郑昌时、文长倩：人名，生平事迹不详。

⑫滕公：即夏侯婴（？—前172），刘邦同乡，追随刘邦起兵，战功卓越，封为颍阴侯，官至丞相。因夏侯婴曾担任滕县（今山东省滕县）令，时人称“令”为“公”，故称“滕公”。

⑬李黎：人名，生平事迹不详。

译文

大将军霍光的妻子一胎生了两个儿子，搞不清楚哪个算是哥哥，哪个算是弟弟。有人说：“先生下来的是哥哥，后生下来的是弟弟。现在虽然他们都是同一天生下来的，也应当认为先生下来的是哥哥。”有人说：“在上面的应该是哥哥，在下面的应当是弟弟。在下面的先生下来，现在应当以先生下来的为弟弟。”当时霍光听了这番话，说：“从前商王祖甲一胎生了两个儿子，一个叫嚣，一个叫良。在卯日生下了嚣，在巳日生下了良，就认定嚣是哥哥，良是弟弟。如果认为在上面的是哥哥，那么嚣就应当是弟弟。从前许釐公一胎生下两个女儿，一个叫作姎，一个叫作茂。楚国大夫唐勒一胎生了两个孩子，一男一女，男的叫贞夫，女的叫琼华。他们都认为先生下来的是老大。近代郑昌时、文长倩都是一胎生了两个男孩，滕公夏侯婴一胎生了两个女孩，李黎一胎生了一男一女，都认为先生下来的是年长的。”霍光的妻子也就以先生下来的为哥哥。

八十八　文章迟速

枚皋文章敏疾[1]，长卿制作淹迟[2]，皆尽一时之誉[3]。而长卿首尾温丽[4]，枚皋时有累句[5]，故知疾行无善迹矣[6]。扬子云曰：“军旅之际，戎马之间，飞书驰檄[7]，用枚皋；廊庙之下[8]，朝廷之中，高文典册[9]，用相如。”

注释

①枚皋 gāo：字少孺，淮阴（今属江苏）人。西汉著名辞赋家，其父枚乘也是著名辞赋家。枚皋写赋，以下笔敏捷而闻名当时。敏疾：敏捷快速。

②长卿：即司马相如。淹迟：迟缓。

③尽一时之誉：指在当时声誉极高。

④温丽：文气平和，文辞华丽。

⑤累句：多余重复的句子。

⑥疾行：快速。善迹：好好推敲。

⑦驰檄 xí：驰送檄文，形容事情紧急。檄，古代用来征召、声讨的文书。

⑧廊庙：泛指朝廷。廊，殿四周的廊。庙，太庙。廊和庙都是古代君臣讨论政事的地方。

⑨高文典册：指诏令、制诰等公文。

译文

枚皋写文章敏捷快速，司马相如写作却很迟缓，两人的文章在当时都有很高的声誉。然而司马相如的文章的语气从头到尾都很平和，文辞也很华丽，而枚皋的文章却时常有一些多余重复的句子。由此可知，文章写得快就不能好好推敲了。扬雄说：“在行军打仗、戎马倥偬的时候，写作飞递的书信、驰送的檄文，要用枚皋；在庙堂之下，朝廷之中，写作诏令和制诰等文书时，则要用司马相如。”

卷四

八十九　嵩真自算死期

安定嵩真、玄菟曹元理[①]，并明算术[②]，皆成帝时人。真尝自算其年寿七十三，绥和元年正月二十五日晡时死[③]，书其壁以记之。至二十四日晡时，死。其妻曰："见真算时，长下一算[④]，欲以告之，虑脱有旨[⑤]，故不敢言。今果校一日[⑥]。"真又曰："北邙青陇上孤槚之西四丈所[⑦]，凿之入七尺，吾欲葬此地。"及真死，依言往掘，得古时空椁[⑧]，即以葬焉。

注释

①安定：西汉郡名，西汉元鼎三年（前114）设置，治所在高平（今宁夏固原市），辖境包括今甘肃省平凉、景泰、靖远、会宁、泾川、镇原及宁夏中宁、中卫、同心、彭阳、固原等地。嵩真：人名，生平不详。玄菟：西汉郡名，汉武帝元封三年（前108）设置，治所在沃沮县（今朝鲜咸镜南道咸兴）。曹元理：人名，生平不详。

②明：通晓。算术：此处指推算预料之术。我国古代对数学或数学书也称算术。

③绥和元年：公元前8年。绥和，汉成帝年号，

起于公元前8年，止于公元前7年，仅两年。晡bū时：即申时，下午三点至五点。

④长下一算：多算了一个筹码。长，多。算，同“筭”，竹子做成，是古人用来计数的筹码。

⑤脱：或许，可能。有旨：有别的含义或想法。

⑥校jiào一日：相差一天。校，两两相对被称为校，即比较差异。

⑦青陇：青陇坡。孤檟jiǎ：孤零零的檟树。檟，树名，即山楸，与松柏一样，常被植于墓前或制作棺椁。所：处所，地方。

⑧椁guǒ：即套在内棺外面的大棺材。

译文

安定郡的嵩真和玄菟郡的曹元理，都精通推算卜知之术，两个人都是成帝时期的人。嵩真曾经推算自己的寿命是七十三岁，在汉成帝绥和元年正月二十五日晡时去世，并且把自己推算的结果写到墙壁上记载下来。到了绥和元年正月二十四日晡时，嵩真死了。他的妻子说：“当时嵩真推算自己寿命时，我看见他多下了一个算筹，本来想告诉他，又考虑到他可能有其他的意思，就没敢说出来。现在看来，果然是相差了一天。”嵩真又推算说：“北邙山青陇坡上孤檟树向西四丈的地方，向下挖七尺，我想葬在这个地方。”等到嵩真死后，人们按照他的话去挖那个地方，挖到了一具古时候的空外棺，于是就用这副外棺安葬了他。

九十　曹元理算陈广汉资产

元理尝从其友人陈广汉①，广汉曰："吾有二囷米②，忘其石数，子为计之。"元理以食筯十余转③，曰："东囷七百四十九石二升七合④。"又十余转，曰："西囷六百九十七石八斗。"遂大署囷门⑤。后出米，西囷六百九十七石七斗九升，中有一鼠，大堪一升；东囷不差圭合⑥。元理后岁复过广汉⑦，广汉以米数告之，元理以手击床曰："遂不知鼠之殊米⑧，不如剥面皮矣⑨！"广汉为之取酒，鹿脯数片⑩，元理复算，曰："藷蔗二十五区⑪，应收一千五百三十六枚。蹲鸱三十七亩⑫，应收六百七十三石。千牛产二百犊，万鸡将五万雏⑬。"羊豕鹅鸭，皆道其数，果蓏肴蔌⑭，悉知其所⑮，乃曰："此资业之广，何供馈之偏邪⑯？"广汉惭，曰："有仓卒客，无仓卒主人。"元理曰："俎上蒸豘一头⑰。厨中荔枝一柈⑱，皆可为设。"广汉再拜谢罪，自入取之，尽日为欢。其术后传南季，南季传项瑫，瑫传子陆⑲，皆得其分数⑳，而失玄妙焉㉑。

注释

①元理：即上篇提到的曹元理。从：拜访，看望。陈广汉：人名，生平事迹不详。

②囷qūn：圆形的谷仓。

③筯zhù：同“箸”，食具，即筷子。十余转：转了十来圈。

④石、升、合gě：均为古代重量单位。

⑤署：题写。门：谷仓门。

⑥圭合：比喻极其微量。圭，古代重量单位。

⑦后岁：次年。过：拜访，探望。

⑧殊：不同。

⑨剥面皮：剥去脸皮，形容非常羞愧，没脸见人。

⑩脯fǔ：干肉。

⑪诸蔗：即甘蔗。

⑫蹲鸱chī：大芋头，因其形状像蹲着的鸱鸟（猫头鹰），故得此名。

⑬将：携带，此处是生养的意思。雏：小鸡。

⑭果蓏luǒ：即瓜果，蓏是瓜类等藤蔓植物的果实。肴蔌sù：指鱼肉和蔬菜，蔌是蔬菜的总称。

⑮悉：都。

⑯供馈：食品的供奉。偏：少。

⑰俎zǔ：切肉用的砧板。蒸豘tún：蒸乳猪。西汉人喜欢吃乳猪，其选择原则是选幼不选壮，选壮不选老。豘，同“豚”，小猪。

⑱厨：厨房；厨又同“橱”，指碗橱。柈pàn：同“盘”，盘子。

⑲南季、项瑫tāo、项陆：均为人名，生平事迹不详。

⑳分数：即推算的方法、法则。

㉑玄妙：精深奥妙之处。

译文

曹元理曾经去拜访他的朋友陈广汉，广汉说："我有两囷米，忘记具体的石数了，请你帮我算算看。"曹元理用筷子转了十几转，说："东面的那一囷有七百四十九石二升七合。"又转了十几圈，说："西面的那一囷有六百九十七石八斗。"于是就用大字把推算的数字题写在谷仓门上。后来米出仓时，西面的谷仓有六百九十七石七斗九升，当中还有一只老鼠，大概有一升那么重；东面粮仓的数字与曹元理推算的丝毫不差。曹元理第二年又来拜访陈广汉，陈广汉把两个粮仓的米数告诉他，他用手拍着床（懊恼地）说："竟然没有算出来老鼠与米的差别，真是没脸见人啦！"陈广汉为他拿来酒和几片干鹿肉（准备招待他），曹元理又算了算，说："你有甘蔗二十五片地，应该能收一千五百三十六棵；蹲鸱三十七亩地，应该能收六百七十三石；一千头牛会产二百只小牛犊，一万只鸡会生养五万只小鸡。"羊猪鹅鸭，他都能说出具体数字；瓜果鱼肉以及蔬菜，他都知道在什么地方，（算完之后）才说："这么大的一份产业，怎么招待朋友的食物却这么少呢？"陈广汉很惭愧地说："有仓促而来的客人，却不该有仓促的主人。"曹元理说："砧板上有一头蒸好的乳猪，橱柜中还有荔枝一盘，这些都可以摆上来。”广汉拜了两次谢罪，又亲自去取来这些食物，主客整日尽欢。曹元理的推算之术传给了南季，南季传给了项瑫，项瑫传给了他的儿子项陆，这些人都学到了推算的方法，但是却没有学到它精深奥妙之处。

九十一　因献命名

卫将军青生子①，或有献騧马者②，乃命其子曰騧，字叔马③。其后改为登④，字叔升。

注释

①卫将军青：即卫青（？—前106），西汉名将，字仲卿，河东平阳（今山西省临汾市西南）人。汉武帝皇后卫子夫的同母弟弟。原是平阳公主的家奴，因卫子夫受到汉武帝的宠幸而受到重用，官至大将军，封长平侯。汉初，匈奴不断袭扰北方诸郡，因汉朝国力尚未恢复，一直通过“和亲”政策来避免与匈奴的战争。汉武帝时期，实力增强，开始对匈奴进行反攻。元朔二年（前127），卫青率大军大败匈奴，控制河套地区。元狩四年（前119），又与霍去病分兵大败匈奴主力。卫青多次率军出击匈奴，解除了匈奴对汉王朝的威胁。三个儿子伉、不疑、登，还在襁褓之中就因他的军功而被封侯。

②騧guā马：黑嘴黄身的马。

③叔：在伯、仲、叔、季的兄弟排行中表示第三，所以古人如果兄弟排行第三的话常用“叔”字来取名或字。

④登：即卫登，西汉武帝时期人，生卒年不详，大将军卫青的第三子，年幼时受封为发干侯。

译文

大将军卫青新得一子，正好有人献騧马，于是就给自已的儿子取名为騧，字叔马。后来又改名为登，字叔升。

九十二　董贤宠遇过盛

哀帝为董贤起大第于北阙下①，重五殿②，洞六门③，柱壁皆画云气华葤④，山灵水怪，或衣以绨锦，或饰以金玉。南门三重，署曰南中门、南上门、南便门⑤。东西各三门，随方面题署⑥，亦如之。楼阁台榭，转相连注⑦，山池玩好，穷尽雕丽。

注释

①哀帝：即汉哀帝刘欣（前25—前1），汉成帝弟弟定陶恭王刘康之子。因汉成帝没有子嗣，绥和元年刘欣被立为皇太子。成帝死后，刘欣即帝位，在位仅六年。在位期间，虽然制定一些政策希望振兴汉朝，但因为他宠信佞臣，骄纵外戚，最终无法扭转汉朝衰败的局势。董贤（前23—前1）：字圣卿，西汉云阳（今陕西省淳化县西北）人，哀帝宠臣。董贤原来只在宫中担任小官，哀帝有一天望见董贤，被他的美貌吸引，拜为黄门郎。二十二岁即位至大司马，操纵朝政。其父、弟及岳父等都因他而官至公卿。哀帝死后，王莽掌权，董贤随即失势，自杀而死。大第：大宅第。

②重五殿：五重殿宇。

③洞六门：六组两两相对的门。洞门指门与门相

对。重殿和洞门都是天子[illegible]能使用的建筑制度，这体现了哀帝对董贤的宠[illegible]

④蒍huā：古同“花”。

⑤南便门：又作南更门。

⑥随方面：根据方向。随，[illegible]据。

⑦连注：连接在一起。

译文

汉哀帝为董贤在北阙下修[illegible]了一座大的宅邸，前后有五重殿宇，有六组两两相对[illegible]门。殿中柱子和墙壁上都画着云气花卉。山神水怪，[illegible]的用锦绣包着，有的用金银美玉装饰。宅院南边有[illegible]道门，分别题有“南中门”“南上门”“南便门”等字[illegible]东西两面各有三道门，根据方向来题写名字，和南边的门一样。宅邸中的楼阁亭台，互相连接，徘徊曲折，假山水池和其他各种赏玩的东西，都雕饰得极其华丽[illegible]

九十三　三馆待宾

平津侯自以布衣为宰相[①]，乃开东阁[②]，营客馆，以招天下之士。其一曰钦贤馆[③]，以待大贤；次曰翘材馆[④]，以待大才；次曰接士馆，以待国士[⑤]。其有德任毗赞、佐理阴阳者[⑥]，处钦贤之馆。其有才堪九列、将军、二千石者[⑦]，居翘材之馆。其有一介之善、一方之艺[⑧]，居接士之馆。而躬自菲薄[⑨]，所得俸禄，以奉待之。

注释

①平津侯：即公孙弘。出身贫寒，后得武帝赏识而官至丞相，封平津侯。在他之前，只有列侯才能担任丞相。自他之后，担任丞相者就需封侯。

②东阁：东边的小门。阁，小门，有版本也写作“阁”，古代两字混用。

③钦：钦佩，钦慕。

④翘材：突出的才能。

⑤国士：才能能够担当一方之任的人。

⑥毗 pí 赞：辅佐。佐理阴阳：意指协助调和阴阳之气，古人认为天下万物皆由阴阳二气所生化，因此调节阴阳二气是治国安邦的根本。

⑦九列：即九卿。秦始皇统一六国后，在中央设立三公九卿制。汉朝因袭秦朝的官制，但又有所变动。汉代九卿一般是指太常、光禄勋、卫尉、太仆、廷尉、大鸿胪、宗正、大司农、少府等。此处“九列”一词当是泛指，可理解为俸禄在两千石以上的中央官吏。将军：武官名。春秋时代以卿统军，故称卿为将军；一军之帅亦称将军。到战国时代将军开始作为正式官名，而卿仍称将军。汉时设置大将军、骠骑将军，位次丞相；车骑将军、卫将军、前后左右将军，位次上卿；另外尚有伏波、楼船、贰师等杂号将军，但不常置。将军秩皆两千石。

⑧一介：一点点，形容少量。

⑨躬自菲薄：自己过得很节俭。

译文

平津侯公孙弘出身布衣，当上宰相之后，就在东边开了个小门，营建接待宾客的馆舍，用来招揽天下的贤能之人。第一所客馆叫钦贤馆，用来接待最有贤德的人；第二所叫翘材馆，用来接待最有才华的人；第三所叫接士馆，用来接待才能足够担当一方之任的人。那些贤德胜任辅佐君王或者能够协助调理阴阳关系的人，住在钦贤馆；那些才能足够担任九卿、将军以及两千石官秩的人，住在翘材馆；那些在某一方面有才华，能够胜任一方守卫之责的人，住在接士馆。但公孙弘自己花费却极为节省，所得的俸禄，也全都用来奉养招待这些宾客。

九十四　闽越献蜜鹇

闽越王献高帝石蜜五斛①，蜜烛二百枚②，白鹇、黑鹇各一双③。高帝大悦，厚报遣其使。

注释

①闽越：古越人的一支。秦汉时分布在今福建省和浙南、赣东北部分地区及福建沿海岛屿，台湾也有闽越人聚居。从事农业，擅长造船航海，断发文身。其首领无诸相传为越王勾践后裔，秦时被废为君长，其地被划为闽中郡。后助汉灭秦有功，被高祖复立为闽越王。后从闽越内部分出东越（东粤），武帝时期，东粤王反汉失败，将部分越人迁居江淮间，后逐渐和汉族融合。

石蜜：冰糖的异称，亦称崖蜜、岩蜜，由野生蜜蜂酿成，历经数十年粒粒积累而成的中药材精华。

②蜜烛：用从蜂巢中提取的蜡制成的蜡烛。

③鹇 xián：一种名贵的观赏鸟类，形似山鸡，色有黑白之分。白鹇又名银雉，背上羽毛白中带有黑色花纹，尾巴长四五尺，嘴巴及爪为红色。黑鹇较为罕见。

译文

闽越王向高祖刘邦进献石蜜五斛，蜜烛二百根，白鹇、黑鹇各一对。高祖很高兴，在闽越王的使者回去的时候赏赐给他很多东西。

九十五　滕公葬地

滕公驾至东都门[①]，马鸣，跼不肯前[②]，以足跑地久之[③]。滕公使士卒掘马所跑地，入三尺所，得石椁。滕公以烛照之，有铭焉。乃以水洗写其文[④]，文字皆古异，左右莫能知。以问叔孙通[⑤]，通曰："科斗书也[⑥]。"以今文写之[⑦]，曰："佳城郁郁[⑧]，三千年见白日。吁嗟滕公居此室[⑨]。"滕公曰："嗟乎，天也！吾死其即安此乎？"死遂葬焉。

注释

①滕公：即夏侯婴。驾：车驾。东都门：即宣平门。汉代长安城共有十二门，东南西北各有三门。宣平门是长安城东侧北边第一道门，所以民间称之为东都门。

②跼jú：曲，屈。弯着腿，徘徊不前的样子。

③跑páo：用马蹄刨地。

④洗写：冲洗、冲刷。

⑤叔孙通：薛（今山东省滕县）人。原为秦博士，后投奔项羽，又归附刘邦。叔孙通精通礼仪制度，汉朝建立初期，所有的礼仪制度均由他和弟子制定而成。

⑥科斗书：即蝌蚪书，古代的一种字体。其字头粗

尾细，形状像蝌蚪，故而得名。

⑦今文：汉代称当时通行的隶书字体为今文，称汉以前所用的篆书等字体为古文。

⑧佳城：墓地。郁郁：阴森幽寂的样子。

⑨吁嗟：语气词，哎呀。居此室：葬在这里。

译文

夏侯婴的车驾走到东都门的时候，马一直鸣叫，弯着腿不肯前进，用蹄子在地上刨了很久。滕公就命令士兵挖开马脚刨过的地方，挖到三尺深，得到了一个石棺。滕公用蜡烛照着看，发现上面还刻有文字。于是就用水冲洗上面的文字，文字很古怪，旁边的人没有认得的。拿去问叔孙通，叔孙通说："这是蝌蚪文。"于是用当时通行的文字翻译出来，便是："佳城郁郁，三千年见白日。吁嗟滕公居此室。"（这个好地方啊阴暗幽寂，经过三千年才能见到白日。滕公啊，就葬在这个墓室。）滕公说道："唉呀，老天哪！我死后难道就葬在这个地方吗？"于是死后就葬在了这个地方。

九十六　韩嫣好弹

韩嫣好弹[①]，常以金为丸，所失者日有十余。长安为之语曰："苦饥寒，逐金丸。"京师儿童每闻嫣出弹，辄随之，望丸之所落，辄拾焉。

注释

①韩嫣：字王孙。汉武帝时宫中的宠臣，是韩王信的曾孙，弓高侯韩颓当的庶孙。韩嫣擅长骑马、射箭，十分聪慧。汉武帝在做胶东王的时候，韩嫣便和他一起读书学习，为武帝所宠信。刘彻被立为太子之后，与韩嫣十分亲近。武帝即位后，想发兵讨伐匈奴，韩嫣事先学习并熟知了胡人的兵器和阵法。遇到武帝询问时，他总是对答如流，因此，便更加得宠，官至上大夫，赏赐的钱财能与前代的邓通相比。后来，江都王刘非进京朝见，诏令让他跟随皇上到上林苑中打猎。因为天子的车驾需要等待开路、清扫道路后才能起程，武帝就先派韩嫣乘坐副车，率领百十个左右的骑士，奔驰到上林苑中去探察野兽的行踪。江都王从远处看见韩嫣的车队，以为是天子的御驾，急忙吩咐随从避让，一干人在路旁伏地拜见。韩嫣没有看见，驱驰而过。车队过后，江都王十分愤

怒，事后向皇太后哭诉。皇太后从此开始怨恨韩嫣，后来以淫乱后宫的罪名将韩嫣赐死。

弹tán：用弹弓发射弹丸。

译文

韩嫣喜欢玩弹弓，常常用金子做成弹丸，每天要丢掉十几颗金弹丸。长安人为此编了一个顺口溜："苦饥寒，逐金丸。"（苦于饥和寒，追捡金弹丸。）长安城中的小孩子，每次一听说韩嫣要出来打弹弓，都跟随着他，看到金弹丸落地的地方，就跑过去捡起来。

九十七　司马良史

司马迁发愤作《史记》百三十篇[①]，先达称为良史之才[②]。其以伯夷居列传之首[③]，以为善而无报也[④]；为《项羽本纪》，以踞高位者非关有德也[⑤]。及其序屈原、贾谊[⑥]，辞旨抑扬，悲而不伤，亦近代之伟才。

注释

①司马迁（前145—约前86）：字子长，左冯翊夏阳（今陕西省韩城市）人，西汉史学家、文学家、思想家。初任郎中，后继父职为太史令。太初元年（前104），与公孙卿、壶遂等人一起完成了《太初历》的修订。李陵率五千人出征匈奴，兵败投降，司马迁因替李陵辩护，而被处以腐刑。出狱后，担任中书令，发愤继续完成所著史书——《史记》。《史记》：原名《太史公书》，西汉司马迁撰，是我国古代第一部纪传体通史。作者根据自己担任史官的便利，利用皇家收藏的文献，再加上自己早年游历时所收集采访的材料，写作而成。记事起于传说中的黄帝，止于汉武帝，包含三千多年的史事，其中战国、秦、汉的记载尤为详细。书中共分五部分，

一百三十卷，以本纪、世家、列传记载不同人物、国家和民族，以八书记载制度沿革，立十表以记通史的脉络，开创了纪传体的先河。

②先达：前辈，这里是指刘向、扬雄等人。

良史：优秀的史官。

③伯夷：商朝末年孤竹君的长子。孤竹君以叔齐为继承人，孤竹君死后，叔齐让位给伯夷，伯夷不受，二人一起投奔周。武王伐纣时，两人拦车反对。周灭商后，两人隐居于首阳山，发誓不食周粟，最终饿死。司马迁《史记》根据二人事迹撰写《伯夷列传》，置于列传第一篇。

④以为：因为。

⑤踞：坐，占据。

⑥屈原（约前340—约前278）：名平，字原，战国时期楚国贵族。楚怀王时期曾担任左徒、三闾大夫等职，受到楚怀王的重用。后来遭到诽谤，被流放。秦攻破楚国郢都以后，因忧愤而投汨罗江。他是我国早期著名的爱国诗人，在流放期间，创作了大量具有楚国地方特色的辞赋。他投江以后，后人为了纪念他而形成了端午节的习俗。

译文

司马迁发愤写了《史记》一百三十篇，先辈称他是优秀的史官。他把伯夷放在列传第一篇来写，是因为伯夷是善人却没有得到好报；他撰写《项羽本纪》，是因为占据很高地位的人，不一定是有德行的人。还有，他为屈原、贾谊二人立传，文章气势跌宕起伏，悲痛而不哀伤，也算是近代一个伟大的人才。

九十八　梁孝王忘忧馆七赋

梁孝王游于忘忧之馆[①]，集诸游士[②]，各使为赋。

注释

①忘忧之馆：梁孝王所建的宫室名。

②集诸游士：召集宾客。游士，即游说谋划之人士，此处应为枚乘等辞赋家。

译文

梁孝王到忘忧之馆游玩的时候，召集宾客，让他们各自写一篇赋。

九十九　枚乘《柳赋》①

枚乘为《柳赋》，其辞曰："忘忧之馆，垂条之木。枝逶迟而含紫②，叶萋萋而吐绿③。出入风云④，去来羽族⑤。既上下而好音⑥，亦黄衣而绛足⑦。蜩螗厉响⑧，蜘蛛吐丝。阶草漠漠⑨，白日迟迟⑩。于嗟细柳⑪，流乱轻丝⑫。君王渊穆其度⑬，御群英而玩之⑭。小臣瞽聩⑮，与此陈词。于嗟乐兮！于是罇盈缥玉之酒⑯，爵献金浆之醪梁人作藷蔗酒，名金浆⑰。庶羞千族⑱，盈满六庖⑲。弱丝清管⑳，与风霜而共雕。铓锽啾唧㉑，萧条寂寥。俊乂英旄㉒，列襟联袍㉓。小臣莫效于鸿毛㉔，空衔鲜而嗽醪㉕。虽复河清海竭，终无增景于边撩㉖。"

注释

①枚乘（？—前140）：字叔，西汉著名辞赋家。曾担任吴王刘濞、梁王刘武的文学侍从。七国之乱前，曾劝阻吴王起兵；七国叛乱中，他又上书劝谏吴王罢兵。七国之乱平定之后，枚乘也因此而名显一时。景帝时，枚乘被拜为弘农都尉，因非其所好，辞官而去。武帝为太子时就闻枚乘之名，即位之后征召入朝，然而枚乘年事已高，在赴召的路上去世。此篇和后文中的六篇，均为众

宾客于忘忧馆所作的赋。

②逶迟：弯曲的样子。

③萋萋：茂盛的样子。

④出入风云：风在树间进出穿行。

⑤羽族：鸟类。

⑥既上下而好音：群鸟飞上飞下，叫声悦耳动听。

⑦黄衣：黄色羽毛，这里指黄鹂。绛足：深红色的鸟足。

⑧蜩 tiáo 螗 táng：蝉。厉响：尖利的鸣叫声。

⑨漠漠：繁茂的样子。

⑩迟迟：阳光和暖的样子。

⑪于嗟：感叹词，又作“吁嗟”。

⑫轻丝：柳条。

⑬渊穆：深沉静美。度：气度，风度。

⑭御：统领，统帅。群英：即群臣。玩：赏玩。

⑮瞽 gǔ 聩 kuì：眼瞎耳聋。一般都是臣子对君主的自谦自指之词。

⑯罇 zūn：酒器。圆形，无足，开口大。

缥玉之酒：一种色泽微黄的美酒。

⑰爵：酒器。三足，两耳，口呈前后条槽形。

醪 láo：醇酒。楷体文字为前人注解。

⑱庶羞：众多精美的食物。千族：千种。

⑲盈满：形容词作动词，把……堆满。这里是指把君王的厨房堆满。六庖：指梁孝王的厨房。

⑳弱丝清管：指丝竹管弦之声纤细清扬。丝，即弦乐器。管，管乐器。

㉑铨 qiāng 锽 huáng：象声词，与“啾唧”一样。铨锽是指大声，啾唧是指小声或寂然无声。

㉒俊乂 yì 英旄 máo：指才能杰出品德卓越的人。

㉓列襟联袍：形容杰出人才很多，到处都是。

㉔鸿毛：比喻微小。

㉕衔鲜、嗽醪：享用美酒佳肴。

㉖增景：增光。边撩：柳树的末梢，指细微。

译文

枚乘创作了《柳赋》，它的文辞是：“在那忘忧馆里，有一株枝条飘垂的柳树。树枝弯曲而带有一些紫色，树叶茂盛而显示出翠绿的颜色。微风在树枝间进出穿行，小鸟在树叶间飞来飞去。群鸟在林中跳上跳下，叫声悦耳动听，中间甚至有披着黄色羽毛而鸟足却是深红色的黄鹂。蝉儿尖厉地鸣叫，蜘蛛悠闲地吐丝。台阶前的青草十分茂盛，而阳光灿烂和煦。啊，纤细的柳条，就好像风中飘荡的轻丝。君王的风度肃穆静美，他率领群臣在树下游玩。小臣我哪里有什么见识，耳聋眼瞎，却有幸在此创作辞赋。我是多么快乐啊！于是以酒樽灌满色泽微黄的美酒，以酒爵献上金浆醇醪（梁国人做的甘蔗酒，叫作金浆）。美味佳肴种类繁多，堆满了君王的厨房。丝竹管弦乐声纤细清扬，像风霜一样突然停止了喧嚣。大声铃锽小声啾唧，都只剩下萧条和寂寥。杰出的人才，到处都是。小臣我不能尽绵薄之力，只能尽情享用这美酒佳肴。即使河清海枯，也无能为君王增光一丝一毫。”

一〇〇 路乔如《鹤赋》①

路乔如为《鹤赋》，其辞曰："白鸟朱冠，鼓翼池干②。举修距而跃跃③，奋皓翅之䎘䎘④。宛修颈而顾步⑤，啄沙碛而相欢⑥。岂忘赤霄之上⑦，忽池籞而盘桓⑧。饮清流而不举⑨，食稻粱而未安。故知野禽野性，未脱笼樊⑩，赖吾王之广爱，虽禽鸟兮抱恩。方腾骧而鸣舞⑪，凭朱槛而为欢⑫。"

注释

①路乔如：人名，梁孝王门客，生平事迹不详。

②池干：池岸。

③修距：修长的鸟爪。跃跃：跃跃欲飞。

④皓翅：洁白的翅膀。䎘zhǎn䎘：快速飞动的样子。

⑤宛：弯曲。顾步：举步四望。

⑥沙碛qì：沙石。

⑦赤霄：天空。

⑧忽：只，仅仅。池籞yù：禁苑，周围以篱落隔绝，禁止人往来。盘桓huán：逗留。

⑨举：高飞。

⑩笼樊：应为樊笼，即鸟笼。此处为押韵而倒置。

⑪腾骧xiāng：跳跃飞腾。

⑫朱槛：红色的栏杆，这里是指鸟笼。

译文

路乔如创作了《鹤赋》，它的文辞是："这只白鸟头顶着红色的羽冠，在池岸边展翅飞翔。它一会儿伸举脚掌跃跃欲飞，奋起洁白的翅膀希望迅速飞上蓝天。一会儿又俯下修长的脖子举步四望，在沙地里啄食追逐。难道它忘记了那宽广的蓝天，只在这禁苑中逗留盘桓？喝着清洌的泉水却不能高飞，吃着稻谷却于心不安。由此可知野禽虽然有野性，但没有摆脱樊笼的拘牵，这都是依仗着君王您博大的爱心，即使禽兽野鸟也怀恋您的恩典。它正跳跃飞腾着鸣叫，靠着红色的栏杆尽情寻欢。"

一〇一　公孙诡《文鹿赋》[①]

公孙诡为《文鹿赋》，其词曰："麀鹿濯濯[②]，来我槐庭[③]。食我槐叶，怀我德声[④]。质如缃缛[⑤]，文如素綦[⑥]。呦呦相召[⑦]，《小雅》之诗[⑧]。叹丘山之比岁[⑨]，逢梁王于一时[⑩]。"

注释

①公孙诡（?—前150）：齐(今山东)人。吴楚七国之乱后，梁孝王招延四方文士，他与羊胜、邹阳等偕游于梁。他足智多谋，官至梁国中尉，很受梁孝王的宠幸。梁王怨恨袁盎等阻止景帝立自己为嗣，就与公孙诡、羊胜等人合谋，刺杀袁盎等人。事情败露后，景帝派使者捉拿公孙诡、羊胜两人。两人虽躲藏在梁王宫中，最终被迫自杀而死。

②麀 yōu 鹿：母鹿。濯 zhuó 濯：肥美光泽的样子。

③槐庭：种着槐树的庭院。

④德声：美好的名声。

⑤缃 xiāng 缛 rù：鹅黄色的被褥。缃，浅黄色。缛，通"褥"，褥子。

⑥文如素綦 qí：花纹像纵横交错的白色玉饰。

⑦呦呦：鹿鸣的声音。

⑧《小雅》之诗：指《诗经·小雅·鹿鸣》。

⑨丘山：指隐居的山林。比岁：连年。

⑩逢梁王于一时：此句寄寓梁孝王的知遇之恩。

译文

公孙诡创作了《文鹿赋》，内容是这样的："那只母鹿长得多么肥美啊，来到我种有槐树的庭院中。它吃着槐树的叶子，怀念着我美好的名声。鹿毛像浅黄色的被褥，花纹交错好像白色的玉饰。呦呦鹿鸣召唤着宾客，使人想起《小雅》中的诗篇。可叹我隐居山林多年，终于为梁王所知遇。"

一〇二 邹阳《酒赋》[①]

邹阳为《酒赋》，其词曰："清者为酒，浊者为醴[②]；清者圣明，浊者顽骏[③]。皆曲涓丘之麦[④]，酿野田之米。仓风莫预，方金未启[⑤]。嗟同物而异味，叹殊才而共侍。流光醳醳[⑥]，甘滋泥泥[⑦]。醪酿既成[⑧]，绿瓷既启。且筐且漉[⑨]，载茜载齐[⑩]。庶民以为欢，君子以为礼。其品类，则沙洛渌酃[⑪]，乌程若下[⑫]，高公之清[⑬]。关中白薄[⑭]，清渚萦停[⑮]。凝醳醇酎[⑯]，千日一醒[⑰]。哲王临国[⑱]，绰矣多暇[⑲]。召皤皤之臣[⑳]，聚肃肃之宾[㉑]。安广坐，列雕屏[㉒]，绡绮为席[㉓]，犀璩为镇[㉔]。曳长裾[㉕]，飞广袖，奋长缨[㉖]。英伟之士，莞尔而即之[㉗]。君王凭玉几，倚玉屏。举手一劳[㉘]，四座之士，皆若哺粱肉焉[㉙]。乃纵酒作倡[㉚]，倾碗覆觞[㉛]。右曰宫申[㉜]，旁亦徵扬。乐只之深[㉝]，不吴不狂[㉞]。于是锡名饵[㉟]，祛夕醉[㊱]，遣朝酲[㊲]。吾君寿亿万岁，常与日月争光。"

注释

①邹阳：齐人，西汉时期著名文学家。文帝时，曾为吴王刘濞门客。吴王阴谋叛乱，邹阳上书劝止无效后便与枚乘、严忌等离吴去梁，为梁孝王门客。邹

阳富有谋略但为人自负，曾遭到羊胜等人忌恨，被诬陷入狱。他在狱中上书梁孝王，表明自己的心迹。梁孝王见书后将其释放，并尊为上客。

②醴lǐ：带酒糟米酒，有甜味。

③顽骙ái：愚蠢。

④曲qū：酒曲，名词作动词，酿造。湒jí丘：与下句的“野田”均指种植稻麦的田地。

⑤仓风莫预，方金未启：指酒酿造的过程。不使春风透过酒瓮，到了秋天也不打开酒瓮。仓风，即春风。

⑥醳yì醳：醇酒清亮发光的样子。醳，醇酒。

⑦泥泥：酒味醇厚。

⑧醪酿：醇酒。

⑨筐：竹制的滤酒器，此处名词作动词，用滤酒器过滤。漉lù：过滤。

⑩莤sù：通“缩”，洒酒在束茅之上祭神。齐：同“剂”，调配。

⑪沙洛渌lù酃líng：沙洛与渌酃皆美酒名。渌酃，亦作“酃渌”“酃醁”。

⑫乌程：酒名。汉乌程县在今浙江省吴兴县，传说县中有乌、程两姓，皆擅酿酒。若下：酒名，由山阴若溪水酿制而成。

⑬高公之清：高公酿的清酒。高公，生平不详。

⑭关中白薄：关中的白薄酒。关中，范围所指不一，在今陕西省渭水两岸，位于古函谷关与大散关之间。

⑮清渚萦 yíng 停：形容酒色像溪水一样清碧晶莹。

⑯凝：浓。

⑰千日一醒：指醇酒劲力强，使人喝了能一醉千日。

⑱哲王：贤明的君主，指梁孝王。临：治理。

⑲绰矣：舒缓悠闲的样子。

⑳皤 pó 皤：鬓发斑白的样子。

㉑肃肃：恭敬的样子。

㉒列：展列。

㉓绡 xiāo 绮 qǐ：丝绸。

㉔犀：犀牛角。璩 qú：玉名。镇：席镇，压席之物。

㉕曳：拖、拉。裾 jū：衣服的大襟。

㉖奋：摆动。缨：系在脖子上的帽带。

㉗莞尔：微笑的样子。即之：就座。

㉘劳：抚慰，慰勉。

㉙哺粱肉：吃到美味。

㉚倡：通“唱”。

㉛覆：倒。觞 shāng：古代装酒的器具。

㉜宫申：音乐往复不断。宫，与下文中的徵同为古代五音宫、商、角、徵、羽之一。申，重复。

㉝只：语气助词。

㉞吴：大声说话，喧哗。

㉟锡：赏赐。饵：糕点，此处指食物。

㊱祛 qū：除去。

㊲酲 chéng：指酒醒后神志不清，像患病似的。

译文

邹阳创作了《酒赋》，内容是这样的："清冽的称作酒，浑浊的称为醴。清澈的就好比一个圣贤明智的人，浑浊的就好像一个愚笨无知的人。酒曲都采用湒丘的麦子，酒料都选自野田的稻米。春风不能吹进酒瓮，直到秋天也不轻易开启。感叹同样的东西却做出不同的味道，可叹不同的人才却聚集在一起。酒色清冽泛着亮光，甘美醇厚的味道让人着迷。醇酒既然已经酿好，就把绿色的瓷瓮打开。用竹筐一遍遍过滤，一边滤酒一边调配。百姓们饮酒寻求欢乐，君子们饮酒讲究礼仪。讲到酒的品类，则有沙洛、渌酃、乌程、若下，以及高公的清酒。关中的白薄酒，颜色青碧晶莹。这些经过多次酿造的醇厚美酒，喝过的人大醉千日还不清醒。圣明的君主治理国家，时间充裕而有闲暇。召集鬓发斑白的老臣，聚集神情恭敬的宾客。安设宽敞的座位，陈列雕饰过的画屏，用丝绸铺作席子，用犀牛角和宝玉作为镇席。抽动长长的衣襟，飞扬宽大的衣袖，摆动脖子上系的长长的帽带。英俊伟岸的宾客，微笑着各自入座。君王靠着玉几案，依着玉屏风。举手做一下抚慰的姿势，满座的宾客，都好像吃到了美味佳肴一样。于是就纵情饮酒，放声歌唱，碗里倒满，杯中喝光。左右演奏，乐声抑扬。深深沉浸在欢乐中，不高声喧哗，也不举止轻狂。于是君王赐下名贵的食物，祛除黄昏的醉意，消弭宿醉的恍惚。祝我君王万寿无疆，常与日月共享辉光。”

一〇三　公孙乘《月赋》[①]

公孙乘为《月赋》，其辞曰："月出皦兮[②]，君子之光。鹍鸡舞于兰渚[③]，蟋蟀鸣于西堂。君有礼乐，我有衣裳[④]。猗嗟明月[⑤]，当心而出[⑥]。隐员岩而似钩[⑦]，蔽修堞而分镜[⑧]。既少进以增辉[⑨]，遂临庭而高映。炎日匪明[⑩]，皓璧非净。躔度运行[⑪]，阴阳以正。文林辩囿[⑫]，小臣不佞[⑬]。"

注释

①公孙乘：人名，生平事迹不详。

②皦 jiǎo：同"皎"，明亮。

③鹍 kūn 鸡：一种黄白色像鹤的鸟。兰渚：长有兰草的小沙洲。

④衣裳：《穀梁传·庄公二十七年》有衣裳之会，指盟主与同盟者之会。公孙乘借用这一典故，是指梁孝王与宾客的欢会得自他的仁义守信。

⑤猗 yī 嗟：感叹词，表示赞美。

⑥当心：天空中央。

⑦隐：形容词作动词，被……遮去。

⑧蔽：被……掩蔽。修堞 dié：城墙上呈齿状的矮墙。分镜：指圆月被城堞阻隔而变得支离破碎。

⑨少进：稍稍升起。

⑩匪：同“非”。

⑪躔 chán 度：日月五星在天空中运行的轨迹。

⑫文林辩囿：指文士辩才众多。

⑬不佞 nìng：不才。

译文

公孙乘创作了《月赋》，它的文辞是："月亮出来是多么皎洁的，就好像君子的德行一样。鹍鸡在长有兰草的小沙洲里起舞，蟋蟀在西边的厅堂鸣叫。君王以礼乐招徕宾客，我也不能逾越礼制。那是多么美丽的明月啊，出现在天的正中，被高耸的山岩遮掩就像一只钩子，被长长的城堞遮掩又像一面破裂的明镜。只要稍稍升起增添光辉，就能高悬天际把庭院辉映。与月亮相比，炎炎烈日算不上明亮，洁白玉璧也算不得明净。月亮沿着固定的轨道运行，阴阳历法根据它来调整。当着这么多文人辩士的面创作这篇赋，小臣我深感才华不够。"

一〇四　羊胜《屏风赋》[1]

羊胜为《屏风赋》，其辞曰："屏风鞈匝[2]，蔽我君王。重葩累绣[3]，沓璧连璋[4]。饰以文锦，映以流黄[5]。画以古列[6]，颙颙昂昂[7]。藩后宜之[8]，寿考无疆[9]。"

注释

①羊胜（?—前148）：齐人，西汉文学家。与公孙诡一起谋划刺杀袁盎等朝廷大臣，后畏罪自杀。

②鞈 gé 匝 zā：围绕的样子。

③重葩累绣：屏风上绣着层层叠叠的花。葩，花。

④沓璧连璋 zhāng：屏风上镶嵌着很多玉饰。沓、连都形容很多。璧、璋都是玉。

⑤流黄：褐黄色。

⑥古列：前代的圣贤列士、列女。

⑦颙 yóng 颙：庄重恭顺的样子。昂昂：意气风发、士气高昂的样子。

⑧藩后：古代诸侯王职责在于护卫王室，犹如藩屏。这里是指梁孝王。

⑨考：年老。

译文

羊胜创作了《屏风赋》，它的文辞是："屏风重重环绕，遮蔽着我们的君王。上面重叠绣着许多花的图案，镶嵌着很多的玉璧圭璋。用有花纹的锦缎装饰，衬托出褐黄的底色。画上古贤烈士的图像，他们庄重恭顺，士气高昂。我们的君王最适宜用这样的屏风，恭祝他万寿无疆。”

一〇五　邹阳《几赋》

韩安国作《几赋》[①]，不成，邹阳代作，其辞曰：“高树凌云，蟠纡烦冤[②]，旁生附枝。王尔公输之徒[③]，荷斧斤[④]，援葛虆[⑤]，攀乔枝。上不测之绝顶，伐之以归。眇者督直[⑥]，聋者磨砻[⑦]。齐贡金斧，楚人名工[⑧]，乃成斯几。离奇仿佛，似龙盘马回，凤去鸾归。君王凭之，圣德日跻[⑨]。”

邹阳、安国罚酒三升，赐枚乘、路乔如绢，人五匹。

注释

①韩安国（？—前127）：字长孺，梁国成安（今河南省临汝县东南）人。曾经在邹平田生家里学习《韩子》及杂家学说，后来在梁国孝王朝内当中大夫。安国文精武备，能言善辩，七国之乱时，韩安国为将，击退吴兵于梁国东界，后来又充当使臣前往长安以动人的言辞疏通了梁孝王刘武与汉景帝的关系。他也因此而扬名。

②蟠纡 yū：盘曲，屈曲。烦冤：婉转回旋的样子。

③王尔：春秋时期巧匠名。公输：公输班，即鲁班，春秋时鲁国的巧匠。

④荷：扛着。斤：斧子类的工具。

⑤援：拉着。虆 léi：藤蔓。

⑥眇 miǎo 者：瞎了一只眼睛的人。这里指斜木。督直：削直。

⑦砻 lóng：研磨。

⑧入：进献。

⑨跻 jī：升、登。

译文

韩安国写《几赋》，可是写不出来，后来由邹阳代写。文辞是这样的："有一棵树高耸入云，树干盘曲回环向上，旁边还生有枝杈。一些像王尔鲁班那样的能工巧匠，扛着斧头，拉着葛藤，拽着高高的树枝向上攀爬。登上高不可测的树顶，砍下这段木头归来。让瞎了一只眼的工匠把它削直，让耳聋的木匠把木头抛光。齐国进献来了宝贵的斧头，楚国献来了著名的工匠，于是做成了这个木几。它形状离奇，就好像巨龙盘踞，骏马回旋，就好像凤凰飞去，鸾鸟回归。君王依靠着这张几案，他的圣德也将日益完美。"

邹阳、韩安国罚酒三升，赐给枚乘、路乔如绢，每人五匹。

一〇六　五侯进王

梁孝王入朝[①]，与上为家人之宴[②]，乃问王诸子，王顿首谢曰[③]：“有五男。”即拜为列侯[④]，赐与衣裳器服。王薨[⑤]，又分梁国为五，进五侯皆为王。

注释

①入朝：进京朝拜。

②上：即皇帝，这里指汉景帝刘启。

③顿首：古代跪拜礼之一。汉代多用于君臣、上下之间，臣子上表必须要说顿首。

④拜：古代用一定的礼节授予官职。列侯：爵位名。秦朝废公、侯、伯、子、男五等爵位，改立二十等爵位，最高者为彻侯，汉武帝时避讳改为列侯。金印紫绶，有封邑，得食租税。

⑤薨 hōng：古代称诸侯王或大官的死为薨。

译文

梁孝王入朝觐见皇帝的时候，景帝设家宴招待。（席间）景帝问起孝王子女的情况，孝王叩头拜谢说：“有五个男孩。”景帝当即就封这五个男孩为列侯，赐予列侯相应的礼服及车马旗饰。梁孝王死后，景帝又把梁国分成五个部分，五个列侯都晋封为王。

一〇七　河间王客馆

河间王德筑日华宫①，置客馆二十余区，以待学士。自奉养不逾宾客②。

注释

①河间王德：即河间献王刘德，汉景帝之子。他十分喜欢古书典籍，收藏古书很多，与汉朝官廷藏书大致相当。如果从百姓处得到古书，常常让人用很好的纸抄写，而把真本留下，把新抄写的书还给人家，并且赏赐大量的金银布帛。

②逾：超过。

译文

河间王刘德修建日华宫，其中设置招待宾客的馆舍有二十多处，专门用来接待有学问的人。他自己的生活消费标准却不超过宾客。

一〇八　年少未可冠婚

梁孝王子贾从朝[①]，年幼，窦太后欲强冠婚之[②]。上谓王曰："儿堪冠矣[③]。"王顿首谢曰："臣闻《礼》二十而冠，冠而字，字以表德。自非显才高行，安可强冠之哉？"帝曰："儿堪冠矣。"余日，帝又曰："儿堪室矣[④]。"王顿首谢曰："臣闻《礼》三十壮有室。儿年蒙悼[⑤]，未有人父之端[⑥]，安可强室之哉？"帝曰："儿堪室矣。"余日，贾朝，至阃而遗其舄[⑦]，帝曰："儿真幼矣。"白太后未可冠婚之[⑧]。

注释

①梁孝王子贾：《史记》《汉书》记载梁孝王有五子，分别为买、明、彭离、定、不识。"贾"和"买"的古字相似，此处的"贾"或许是"买"的误写。从朝：跟从朝见皇上。

②窦太后：汉文帝皇后，汉景帝生母，清河郡观津（今河北省武邑县观津村）人。与汉文帝共育有一女二男，长子景帝刘启，次子即梁孝王刘武。窦太后喜好黄老之术，且在太后位长达五十一年，对汉初的政治产生了重大影响。冠：冠礼，古代男子二十行成年礼，束发戴冠。

③堪：可以。

④室：即娶妻。

⑤蒙悼：即年幼、幼稚。蒙，童蒙。悼，年幼。

⑥端：开头，引申为缘由。

⑦阃 kǔn：门槛。舄 xì：加木底的双层底鞋。汉代鞋子下方的木底，实心，用于需要久立的礼仪场合或者走湿地时使用。

⑧白：告诉。

译文

梁孝王的儿子刘贾跟着孝王进京朝见皇上，年纪还比较小，可是窦太后想强行给他举行冠礼以便结婚。汉景帝对梁孝王说："孩子可以加冠了。"孝王叩头拜谢说："我看《礼记》上说，二十岁举行加冠礼，行加冠礼之后才能取字，字用来表明品德。如果不是才能出众、品行卓越的人，怎么能够强行给他加冠呢？"景帝说："这孩子可以加冠了。"过了几天，景帝又说："孩子可以娶妻成家了。"孝王又叩头拜谢说："我看《礼记》上说，三十岁时才能娶妻成家。我这孩子年幼，还没有为人父的样子，怎么能够强行娶妻呢？"景帝说："这孩子可以娶妻成家了。"又过了几天，刘贾上朝，走过一道门槛时，把鞋子下面的木底绊掉了。景帝说："这孩子确实还是小啊！"就向窦太后禀告说还不能给他加冠礼完婚。

一〇九　劲超高屏

江都王劲捷[①]，能超七尺屏风[②]。

注释

①江都王：即刘非，汉景帝子。景帝前元二年被立为汝南王。吴楚之乱以后，因击吴有功，迁王江都，治理吴国。刘非喜好勇力，扩建宫室馆宇，招徕四方豪杰，异常骄奢。因此武帝派遣文学士董仲舒做江都相，辅助刘非，时加匡正。

②超：一跃而上，跳过。

译文

江都王刘非身手矫健，能跳过七尺高的屏风。

一一〇 元后燕石文兆

元后在家[1]，尝有白燕衔白石，大如指[2]，坠后绩筐中[3]。后取之，石自剖为二。其中有文曰“母天地”。后乃合之，遂复还合，乃宝录焉[4]。后为皇后，常并置玺笥中[5]，谓为天玺也。

注释

①元后：即汉元帝皇后王政君（前71—13），她是汉成帝刘骜的生母、王莽的姑母，中国历史上寿命最长的皇后之一。她当上皇后之后，王氏家族开始显赫起来，家族曾有多人担任大司马一职，把持朝政。平帝即位时，年幼不能理政，王政君的娘家侄子王莽重新执政。王莽代汉建立新朝后不久，王政君忧愤死去，与汉元帝合葬渭陵。

②指：又作“卵”。

③绩筐：针线筐。

④宝录：珍藏。录，收藏。

⑤玺笥：收藏玉玺的方形盒子。

译文

汉元帝皇后还没有进宫的时候，曾经有一只白燕衔着一块白色的石头，有手指那么大，掉落在元后的针线筐里。元后拿起来，石头就自己断裂为两半，中间有“母天地”的字样。元后把它合上，就又像原来那样合起来了，于是就把它珍藏起来。元后后来做了皇后，常常把这块石头和皇后玉玺一起放在玺笥中，称这是天玺。

一一一　玉虎子

汉朝以玉为虎子①，以为便器②，使侍中执之③，行幸以从④。

注释

①虎子：小老虎。因为古代常将尿壶做成小老虎的样子，所以后世就称尿壶为虎子。

②以为：作为。

③侍中：官名。侍中为皇帝身边近臣，处理皇帝生活起居中的一些小事，地位较低。汉武帝时，常常任用一些士人担任侍中，跟随自己，以方便自己咨询政事。一些皇帝的亲信大臣常常被加上“侍中”“给事中”的头衔，出入皇宫，参与皇帝的谋议。侍中虽然官品不高，但可参与机要，地位十分重要。东汉以后，成为正式职官。

④行幸：皇帝出行亲临。

译文

汉代宫廷用玉做成小老虎的样子，来当作尿壶，让侍中拿着，皇帝出行时跟在身边。

一一二　紫泥

中书以武都紫泥为玺室①，加绿绨其上②。

注释

①中书：官名。汉武帝时置中书官，领尚书事，有中书谒者令一人。汉成帝时罢中书官，以中书为中谒者令。中书的职责为传达皇帝诏诰，掌管玺印，所以需要选择封泥。武都：郡名，又为县名。西汉有武都郡，治所在武都县，即今天的甘肃省西和县西南地区，该地所产紫泥做泥封最佳。泥封，相当于今天邮袋上的铅封。玺室：放置玺印的盒子。

②绨 tí：厚实、丰滑而又光泽的丝织品。

译文

中书用武都县所产的紫泥来做封泥，并且用绿色的丝布蒙在印盒上面。

一一三　文固阳射雉

茂陵文固阳[1]，本琅琊人[2]，善驯野雉为媒[3]，用以射雉。每以三春之月[4]，为茅障以自翳[5]，用觟矢以射之[6]，日连百数。茂陵轻薄者化之[7]，皆以杂宝错厕翳障[8]，以青州芦苇为弩矢[9]，轻骑妖服[10]，追随于道路，以为欢娱也。阳死，其子亦善其事。董司马好之[11]，以为上客。

注释

①文固阳：人名，生平不详。

②琅琊：古代郡名，在今山东省诸城市。

③野雉：野鸡。媒：媒介，诱饵。这里指抓活鸟以引诱其他鸟前来，伺机捕捉。

④三春：春季。古代农历正月称孟春，二月称仲春，三月称季春，合称为三春。

⑤茅障：用茅草做成的屏障。自翳yì：遮住自己。

⑥觟huà矢：用母羊角做箭头的箭。觟，有角的母羊。

⑦轻薄者：游手好闲、举止放荡的纨绔子弟。化：改变。

⑧错厕：相杂交错。

⑨青州：在古代是指《禹贡》“九州”之一，大体指泰山以东至渤海的一片区域。此处是指汉武帝

所置十三刺史部之一。弩 nǔ 矢：弓箭。

⑩妖服：艳丽的服装。

⑪董司马：即董贤，二十二岁官至大司马。好：喜欢。

译文

茂陵有个叫文固阳的人，本来是琅琊郡的人，擅长驯养野鸡作为鸟媒，用来射猎野鸡。每到春天，他就用茅草做成的屏障来遮挡住自己，用鮭矢箭射杀野鸡，每天可以连射数百只。茂陵的那些游手好闲的纨绔子弟，改变了文固阳的做法，都用各种宝物装饰，相互交杂做成遮蔽的屏障，用青州产的芦苇做成弓箭，骑着马，穿着妖艳的服装，在道路上追逐，以此取乐。文固阳死后，他的儿子也擅长用鸟媒射野鸡，董司马喜欢他，把他当作上宾招待。

一一四　鹰犬起名

茂陵少年李亨[①]，好驰骏狗，逐狡兽[②]，或以鹰鹞逐雉兔[③]，皆为之佳名。狗则有修毫、厘睫、白望、青曹之名，鹰则有青翅、黄眸、青冥、金距之属，鹞则有从风鹞、孤飞鹞。杨万年有猛犬[④]，名青驳，买之百金。

注释

①李亨：人名，生平不详。

②骏狗：大猎狗。狡 jiǎo：凶暴，狂暴。

③鹞 yào：鸟名，比鹰略小的一种猛禽。

④杨万年：人名，生平事迹不详。

译文

茂陵县的年轻人李亨，喜欢赶着大猎狗，追逐猛兽，有时又用鹰或鹞去追逐野鸡、兔子，并且给这些鹰犬都起了好听的名字。狗的名字有修毫、厘睫、白望、青曹等，鹰则有青翅、黄眸、青冥、金距等名字，鹞则有从风鹞、孤飞鹞等名字。杨万年有一条凶猛的猎犬，取名叫青驳，买它花了一百斤金子。

一一五　长鸣鸡

成帝时，交趾、越巂献长鸣鸡[①]，伺鸡晨[②]，即下漏验之[③]，晷刻无差[④]。鸡长鸣则一食顷不绝[⑤]，长距善斗[⑥]。

注释

①交趾：郡名。公元前3世纪初，南越王赵佗置。辖境包括今南定以北的越南北方地区。汉武帝时又置交趾刺史部，辖区包括越南顺化以北、我国广东以及广西大部分地区。越巂xī：郡名。西汉元鼎六年（前111），武帝平定西南夷之后设置，治所在邛都（今四川省西昌市东南）。辖境包括今天四川省木里、石棉、甘洛、雷波以南地区以及云南省楚雄和丽江地区。

②伺：等候。鸡晨：鸡鸣报晓。

③下：关闭。漏：漏壶，古代的一种计时器，可引申为时刻。

④晷刻：时刻。晷，根据日影测定时刻的仪器。

⑤一食顷：一顿饭的工夫。

⑥距：鸡爪。

译文

汉成帝的时候，交趾郡和越巂郡进献一种长鸣鸡。等到长鸣鸡报晓的时候，关住漏壶检查，时间一点儿都没差错。鸡长声啼叫，能持续一顿饭的工夫不停止。这种鸡的鸡爪很长，善于打斗。

一一六　博昌陆博术

许博昌①，安陵人也②，善陆博③。窦婴好之④，常与居处。其术曰："方畔揭道张，张畔揭道方，张究屈玄高，高玄屈究张。⑤"又曰："张道揭畔方，方畔揭道张，张究屈玄高，高玄屈究张。"三辅儿童皆诵之。法用六箸，或谓之究，以竹为之，长六分。或用二箸。博昌又作《大博经》一篇⑥，今世传之。

注释

①许博昌：人名，生平事迹不详。

②安陵：古县名。汉惠帝在此修自己的陵墓安陵，并置县。

③陆博：又作六簙、六博，是古代的一种博戏，共十二颗棋子，六黑六白，双方互博，各有六棋，具体博法不详。六博最初是一种具有比赛性质的体育活动，之后逐渐发展成一种赌博手段。汉代之后呈逐渐衰退之势，进入晋代后便销声匿迹了。

④窦婴(?—前131)：字王孙，清河观津（今河北衡水东）人，西汉大臣，是汉文帝皇后窦氏堂兄之子。七国之乱时，被景帝任命为大将军，功劳很大。叛乱平定后，因军功被封为魏其侯。汉武帝初年，窦婴担任丞相，由于推崇儒术，反对窦太

后崇信的黄老学说，遭窦太后贬斥。窦太后死后，因与当时丞相田蚡争权失败，被处死。

⑤这四句与后文四句当是进行博戏时的口诀，但具体意义因为陆博的方法失传，已经无法解释了。

⑥《大博经》：应当是许博昌撰写的关于六博游戏的理论著作，现在已经失传。

译文

许博昌，安陵县人，擅长陆博的游戏。窦婴也喜欢这种游戏，常常和许博昌一起生活起居。许博昌的技巧是："方畔揭道张，张畔揭道方，张究屈玄高，高玄屈究张。"还说："张道揭畔方，方畔揭道张，张究屈玄高，高玄屈究张。"三辅地区的儿童都能背诵这些口诀。陆博的方法是用六根筷子，有人也称之为究，用竹片做成，有六分长。有时也会用两根筷子。许博昌还写有《大博经》一篇，现在还在世上流传。

一一七　战假将军名

高祖与项羽战于垓下①，孔将军居左，费将军居右②，皆假为名。

注释

①垓下：古地名，在今安徽省灵璧县东南。公元前202年，楚汉两军曾在此决战，史称“垓下之战”。经过此役，项羽彻底战败，突围至乌江自杀。

②孔将军、费将军：假托的名字，用来迷惑项羽。

译文

高祖和项羽在垓下大战时，声称有孔将军为左军，费将军为右军，实际都是假托的名字。

一一八　东方生

东方生善啸[1]，每曼声长啸[2]，辄尘落帽。

注释

①东方生：即东方朔。生，尊称，一般指有才学的人。啸：撮口发出长而清越的声音。

②曼声：长而宛转的声音。

译文

东方朔擅长发出长啸，每次宛转长啸时，就有尘土从屋梁上震落到帽子上面。

一一九 古生杂术

京兆有古生者①，学纵横、揣摩、弄矢、摇丸、樗蒲之术②，为都掾史四十余年③，善訑谩④。二千石随以谐谑⑤，皆握其权要，而得其欢心。赵广汉为京兆尹⑥，下车而黜之⑦，终于家。京师至今俳戏皆称古掾曹⑧。

注释

①古生：一个姓古的人，生平无考。

②纵横：指合纵连横之术。纵横家擅长审时度势，权益制衡，随机应变，游说人主。揣摩：纵横家的一种手段，也是一种处世的哲学，以揣测他人心思而行事。本文中的古生就擅长揣摩别人的心思，处事玲珑。弄矢：一种杂技，以抛箭矢不令着地为胜。摇丸：也是一种杂技，将丸陆续抛出，边接边抛，以多者为胜。樗chū蒲：古代的一种博戏，以掷骰子决胜负。

③都掾史：掾史是汉代官府主要官吏的一般属吏，三公九卿以及地方郡县的属吏均可称掾史或者掾属。因为汉代三辅属于京畿地区，长官地位高于其他郡国，掾史也与其他郡国不同，故加“都”字，以示不同。地方州县的掾史职责为辅助长官

处理治安、司法等方面的事务。

④诞dàn谩：荒诞不经，诙谐戏谑。诞，通“诞”。

⑤谐谑：玩笑、打趣。

⑥赵广汉（？—前65）：字子都，西汉涿郡蠡吾（今河北省博野县西南）人。宣帝时曾任颍川太守，为人刚正，不畏强权。后升任京兆尹，执法严明，因侵犯贵戚大臣而被杀害。京兆尹：官名。汉太初元年（前104）改右内史为京兆尹，为三辅之一。

⑦下车：指初到任。黜：罢免。

⑧俳pái戏：杂戏，滑稽剧。

译文

京兆有个古生，学习纵横、揣摩、弄矢、摇丸、樗蒲等杂术，担任京兆都掾史有四十多年，擅长说些诙谐戏谑的话。两千石官秩的大官他也能随意地开玩笑打趣，因为他完全掌握了这些人的秘密，并能讨得这些人的欢心。赵广汉担任京兆尹后，刚到任就把他罢免了，古生最终死在家中。京师到现在还把滑稽戏称为古掾曹。

一二〇　娄敬不易旃衣

娄敬始因虞将军请见高祖[①]，衣旃衣[②]，披羊裘。虞将军脱其身上衣服以衣之[③]，敬曰："敬本衣帛，则衣帛见。敬本衣旃，则衣旃见。今舍旃褐[④]，假鲜华，是矫常也[⑤]。"不敢脱羊裘[⑥]，而衣旃衣以见高祖。

注释

①娄敬：即刘敬。生卒年不详，汉初齐国卢（今山东省济南市长清区）人，汉高祖刘邦的重要谋士。汉高祖五年（前202），刘邦与群臣想要将洛阳作为都城，娄敬去关中服役，经过洛阳，以戍卒身份求见刘邦，建议刘邦定都关中。刘邦采纳了娄敬的建议，并赐娄敬姓刘。后来，刘邦攻打匈奴失利，他又向高祖提出"和亲"的政策。直到汉武帝初年，"和亲"一直是汉王朝对匈奴的一项基本政策，保证了西汉北部边境的安定。因：靠，凭借。虞将军：生平事迹不详。

②旃zhān衣：粗毛织的衣服。旃，同"毡"。

③衣：名词作动词，穿衣服。

④旃褐：即旃衣。褐，粗麻织的短衣，穷人多穿旃褐。

⑤矫：伪饰。

⑥不敢：不肯。

译文

娄敬当年通过虞将军而求见高祖，身上仍穿着粗纺的上衣，披着羊皮袄。虞将军脱下自己身上的衣服给他穿，娄敬说：“我如果是穿着丝绸的衣服，那我就穿着丝绸的衣服去拜见。我如果是穿着粗纺的上衣，那我就穿着粗纺的上衣去拜见。现在要我脱下粗纺的上衣，换上鲜艳华丽的衣着，这是弄虚作假。”他最终不肯脱下羊皮袄，还是穿着粗纺的上衣去见高祖了。

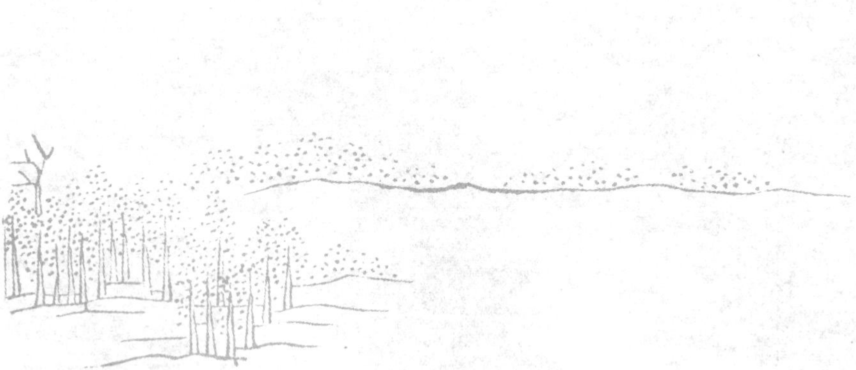

卷五

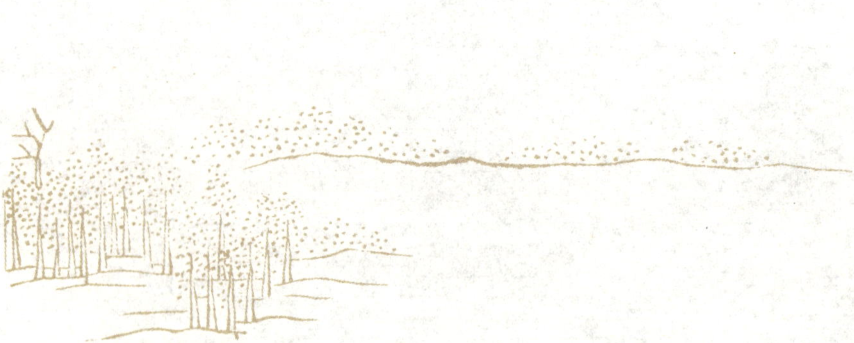

一二一　母嗜雕胡

会稽人顾翱[①]，少失父，事母至孝[②]。母好食雕胡饭[③]，常帅子女躬自采撷[④]。还家，导水凿川，自种供养，每有赢储[⑤]。家亦近太湖，湖中后自生雕胡，无复余草[⑥]，虫鸟不敢至焉，遂得以为养，郡县表其闾舍[⑦]。

注释

①顾翱 áo：人名，生平不详。

②事：侍奉。

③雕胡：即菰米，也称安胡、雕胡，浅水生植物，秋季结果，色白而滑，可煮食。

④帅：带领。采撷 xié：采摘。

⑤赢 yíng 储：剩余，盈余。赢，通“盈”，满。

⑥余草：其他的杂草。

⑦表：标榜，表彰。闾舍：居住的地方。闾，古代农村基层单位。

译文

会稽郡人顾翱，少年时失去父亲，侍奉他的母亲十分孝顺。他母亲喜欢吃菰米饭，他就经常带领子女亲自去采摘。回到家后，引水挖沟，自己种植菰米奉养母亲，常常还有盈余。他的家靠近太湖，后来湖中自然生长出菰米，不再生长其他杂草，飞鸟和昆虫也不敢来啄食，于是就用湖中的菰米奉养母亲。郡、县都在他居住的地方张榜来表扬他。

一二二　弹琴

齐人刘道强[①]，善弹琴，能作《单鹄寡凫》之弄[②]。听者皆悲，不能自摄[③]。

注释

①刘道强：人名，生平不详。

②《单鹄寡凫》：古乐曲名。从名字来看，是指孤单的天鹅，独居的野鸭，此曲应是抒发丧偶之情的曲子。鹄，天鹅。寡，失去配偶。凫，野鸭。弄：乐曲。

③自摄：自持。

译文

齐国人刘道强，擅长弹琴，会弹《单鹄寡凫》的琴曲。听了曲子的人都很悲伤，不能够自我把持。

一二三　赵后宝琴

赵后有宝琴[1]，曰“凤凰”，皆以金玉隐起为龙凤螭鸾、古贤列女之象[2]。亦善为《归风送远》之操[3]。

注释

①赵后：汉成帝皇后赵飞燕。

②隐起：此处意为隐约凸出，亦可理解为器物上所刻凹入的图像或文字。螭：传说中无角的龙。鸾：凤凰之类的神鸟。列女：指古代有才德操守的女子，与后世以坚守贞操为主的“烈女”不同。

③操：琴曲的一种。

译文

赵飞燕有一把宝琴，名叫“凤凰”，琴上都用黄金、玉石等镶嵌出隐约凸起的龙凤螭鸾以及古代贤人列女的图像。她也擅长弹奏《归风送远》的琴曲。

一二四　邹长倩赠遗有道

公孙弘以元光元年为国士所推①，上为贤良②。国人邹长倩以其家贫③，少自资致，乃解衣裳以衣之，释所着冠履以与之④，又赠以刍一束、素丝一襚、扑满一枚，书题遗之曰："夫人无幽显⑤，道在则为尊。虽生刍之贱也⑥，不能脱落君子⑦，故赠君生刍一束。诗人所谓'生刍一束，其人如玉'⑧。五丝为緎，倍緎为升，倍升为绒，倍绒为纪，倍纪为緵，倍緵为襚⑨。此自少之多，自微至著也。士之立功勋，效名节，亦复如之，勿以小善不足修而不为也。故赠君素丝一襚。扑满者，以土为器，以蓄钱具，其有入窍而无出窍⑩，满则扑之。土，粗物也；钱，重货也⑪。入而不出，积而不散，故扑之。士有聚敛而不能散者⑫，将有扑满之败，可不诫欤？故赠君扑满一枚。猗嗟盛欤⑬！山川阻修，加以风露。次卿足下⑭，勉作功名。窃在下风⑮，以俟嘉誉。"弘答烂败不存。

注释

①元光元年：公元前134年。元光，汉武帝的年号。国士：据西汉察举制度，只有地方主要官吏才有资格推荐人才，故当指地方主要官吏。推：推举。

②贤良：此处指西汉察举制中的一个科目。汉武帝时期，改革当时选官制度，确立以儒取士的察举制度，有地方官举荐和中央政府征召有才之士两种方式。汉代察举主要分为常科与特科。常科指岁举之科，主要举荐孝廉和茂才。特科因需要而设定，没有严格的时间规定，其中又分为时常征召的贤良方正、贤良文学，以及不常征召的明经、明法等。贤良在汉武帝之后专指饱学儒生。

③国：指公孙弘的故乡菑川国，在今山东省寿光县南。邹长倩：人名，生平不详。

④释：解开。

⑤幽：幽滞，不得志。显：显达，显耀。

⑥生刍chú：新割的草，即青草。

⑦脱落：轻视慢待，不以为然。

⑧此句出自《诗经·小雅·白驹》，本义是告诫贤者，出行驻停，主人招待虽然简单，也要欣然接受，因为他的品德如白玉般无瑕。在此引申为不能因为贤者贫贱在野就轻视他。

⑨缬niè、升、绒shì、纪、緵zōng：皆为古代丝缕的计算单位。

⑩窍：孔，洞。

⑪重货：贵重的财物。

⑫聚敛：搜刮财物。

⑬猗嗟盛欤：感叹词。这是多么重大的事啊。

⑭次卿：这里是指公孙弘的字。

⑮窃：谦词，自称。下风：风向的下方。这里是自谦之词，指自己地位低下。

译文

公孙弘在元光元年被菑川国的官吏推荐为贤良文学。菑川国人邹长倩觉得他家境贫寒，没有什么资产，就解开衣裳给他穿上，脱掉自己的帽子和鞋送给他，又赠给他青草一把、白色的丝一襚、扑满一个，并且写一封信送给他说："一个人不管是幽滞还是显达，只要有道就是尊贵的。即使他像刚割下的青草一样卑贱，也是不能轻慢的君子。所以就送给您新割下的青草一把。这就是诗人所说的'生刍一束，其人如玉'。五缕丝为一緵，两緵为一升，两升为一緎，两緎为一纪，两纪为一緵，两緵为一襚。这是从少到多，从细微到显著的道理。士人建功立业，弘扬名声节操，也正是这样，不要以为小善无足轻重就不做。所以送给您白色的丝一襚。扑满，是用土制成的器物，用来储藏钱财。它有入口没有出口，钱积满了就摔碎它。土是粗糙的东西，钱是贵重的东西。只知道收入而不知道付出，只知道积蓄而不知道散发出来，所以要摔破它。有的人只知道搜刮钱财而不知道散财消灾，就将遭到扑满那样破败的命运，这难道不应该引以为戒吗？所以送给您扑满一个。这是多么重大的事啊！山川阻隔，前途迢迢，加上要风餐露宿，次卿足下，愿您发愤努力，建立功名。我在这里等待您美名远扬的一天。”（公孙弘的回信已经腐烂破碎，不存在了。）

一二五　大驾骑乘数

汉朝舆驾祠甘泉汾阴[1]，备千乘万骑，太仆执辔[2]，大将军陪乘[3]，名为大驾[4]。

司马车驾四[5]，中道[6]。

辟恶车驾四[7]，中道。

记道车驾四[8]，中道。

靖室车驾四[9]，中道。

象车，鼓吹十三人[10]，中道。

式道候二人[11]，驾一。左右一人。

长安都尉四人[12]，骑。左右各二人

长安亭长十人[13]，驾。左右各五人。

长安令车驾三[14]，中道。

京兆掾史三人[15]，驾一。三分。

京兆尹车驾四，中道。

司隶部京兆从事、都部从事、别驾一车[16]。三分。

司隶校尉驾四，中道。

廷尉驾四[17]，中道。

太仆、宗正引从事[18]，驾四。左右。

太常、光禄、卫尉[19]，驾四。三分。

太尉外部都督令史、贼曹属、仓曹属、户曹属、东曹掾、西曹掾[20]，驾一。左右各三。

太尉驾四，中道。

太尉舍人、祭酒[21]，驾一。左右。

司徒列从[22]，如太尉王公，骑。令史、持戟吏亦各八人[23]，鼓吹一部。

中护军骑[24]，中道。左右各三行，戟楯、弓矢、鼓吹各一部[25]。

步兵校尉、长水校尉[26]，驾一。左右。

队百匹[27]。左右。

骑队十[28]。左右各五。

前军将军[29]。左右各二行，戟楯、刀楯、鼓吹各一部，七人。

射声、翊军校尉[30]，驾三。左右二行，戟楯、刀楯、鼓吹各一部，七人。

骁骑将军、游击将军[31]，驾三。左右二行，戟楯、刀楯、鼓吹各一部，七人。

黄门前部鼓吹[32]，左右各一部，十三人，驾四。

前黄麾骑[33]，中道。

自此分为八校[34]。左四，右四。

护驾御史[35]，骑。左右。

御史中丞驾一[36]，中道。

谒者仆射驾四[37]。

武刚车驾四[38]，中道。

九斿车驾四[39]，中道。

云罕车驾四[40]，中道。

皮轩车驾四[41]，中道。

阘戟车驾四[42]，中道。
鸾旗车驾四[43]，中道。
建华车驾四[44]，中道。左右。
虎贲中郎将车驾二[45]，中道。
护驾尚书郎三人[46]，骑。三分。
护驾尚书三[47]，中道。
相风乌车驾四[48]，中道。
自此分为十二校。左右各六。
殿中御史骑[49]。左右。
典兵中郎骑[50]，中道。
高华[51]，中道。
罼罕[52]。左右。
御马[53]。三分。
节十六[54]。左八，右八。
华盖[55]，中道。
自此分为十六校。左八，右八。
刚鼓[56]，中道，金根车[57]。
自此分为二十校，满道。
左卫、右卫将军。
华盖。自此后麋烂不存。

注释

①舆 yú 驾：皇帝出行时所备仪仗器物的总称，亦借指帝后。祠：祭祀。汉武帝时极为重视祭祀甘泉

泰一和汾阴后土，前者祭天，后者祠地。甘泉：甘泉山，在今陕西省淳化县西北甘泉山。汾阴：古县名，位于汾水之南，治所在今山西省万荣县西南。汉武帝时，曾在此地得西周宝鼎于汾水。

②太仆：官名，秦汉九卿之一，主管皇帝车驾、马匹，后来逐渐转为专管官府畜牧事务的官员。执辔：控制牲口的嚼子和缰绳。

③大将军：官名，古代领兵的最高统帅。汉代大将军虽然是武职，地位次于丞相，但往往因为皇帝的宠信，成为朝中官员，实际上主持或者左右朝政，地位反而高于丞相。

④大驾：汉代皇帝出行的车驾，按其规模大小，可分为大驾、法驾、小驾。大驾是最隆重的出行方式，一般以公卿奉引，太仆御、大将军陪乘，属车八十乘。

⑤司马车：根据以下“辟恶车”“记道车”等，此处司马车或许是司南车的误写。司南车即指南车，古代天子出行，常置司南车为先导。

⑥中道：古代帝王出行车驾分为左、中、右三行，中间的即为中道。

⑦辟恶车：一种用来祛除不祥的车。

⑧记道车：古代一种能够标示道路里程的车子，也称记里车。这种车有两层，皆有木人，车行则齿轮转动，每行一里，下层木人就击鼓一次，行十

里，上层木人则击钟一次。

⑨靖室车：靖室令乘坐的车。靖室令，官名，主要负责皇帝出行时的警戒。靖室又写作静室。

⑩象车：用大象驾的车。鼓吹：指乐队或者乐队用鼓、钲、箫、笳等乐器合奏的乐曲。本是军中之乐，后来也被用于飨宴及大驾出游时。

⑪式道候：官名。秦汉中尉（执金吾）属官，有左、中、右候三人，秩六百石。天子车驾出巡时，负责在前清道；回宫时，持麾至宫门，门始开。

⑫都尉：官名。秦始皇统一以后，在郡设郡尉，协助郡守管理一郡军事。汉景帝时，改郡尉为都尉。因为西汉三辅的治所都在长安中，所以也称长安都尉。西汉时期另有属国都尉、驸马都尉、协律都尉等官职，不一定与武事相关。

⑬亭长：西汉亭的长官。秦汉时期在基层设亭，负责维护地方治安，属于县尉管辖。

⑭长安令：长安县的县令。秦汉时期，超过万人的大县长官称县令，不足万人的小县长官称为县长。

⑮掾史：官名。掾史为汉代各部门主要官吏的从属人员，可由主要官吏自行聘任。

⑯司隶部：即司隶校尉部。汉武帝时，将全国划为十三刺史部，派遣刺史监察各郡。首都地方称为司隶校尉部，掌纠察京师百官和三辅（京兆、冯翊、扶风）、三河（河东、河内、河南），弘农

七郡司隶部的主要长官为司隶校尉，司隶校尉的主要属官为从事。京兆从事：司隶部京兆尹设置的从事，负责督促文书，察举不法之事。都部从事：司隶部有都官从事，主要负责察举百官犯法的事情。此处或许就是都官从事的误写。别驾：即别驾从事。

⑰廷尉：官名，秦汉九卿之一，是秦汉时期掌管刑狱的最高官吏，地位十分重要。

⑱宗正：官名，秦汉九卿之一，负责管理皇族和外戚事务。汉代一般由皇族担任。

⑲太常：官名，秦汉九卿之一，执掌宗庙礼仪。秦时称奉常，汉景帝时改称太常。光禄：官名，即光禄勋，秦汉九卿之一，主要负责保卫皇官安全，后演变为掌管宫廷杂务的官员。秦时称郎中令，汉武帝时改为光禄勋。卫尉：官名，秦汉九卿之一，主要负责官内保卫。

⑳太尉：官名，秦汉时期掌管军事的最高长官，秦代以丞相、太尉、御史大夫并为“三公”。因为权力过大，秦朝时空缺，西汉也时设时废，最终演变为皇帝奖励有功大臣的一种待遇，而没有实权。令史：官名，汉代有兰台令史、记事令史等官职，负责长官文书。贼曹属：官名，与下文仓曹属、户曹属、东曹掾、西曹掾都是太尉府的属官。贼曹属主管抓捕盗贼；仓曹属主管仓谷储藏；户曹属负责掌

管户籍、祠祀和农桑等事；东曹掾主管两千石长吏的升迁任用；西曹掾则执掌府吏署用之事。

㉑舍人：官名，为亲近左右的通称。祭酒：官名，汉代宴饮时，常从宾客中选择一位年长德高者举酒以祭，故称祭酒。

㉒司徒：即丞相，汉哀帝时改丞相为大司徒。东汉时，将丞相、太尉、御史大夫分别改称司徒、司马、司空。

㉓持戟吏：即仪仗官员，手持大戟以负责警卫。戟，是我国古代独有的一种兵器，它既有直刃又有横刃，形状呈“十”或“卜”字形，具有钩、啄、刺、割等多种用途，它的杀伤能力胜过戈和矛。

㉔中护军：官名，是执勤宫中的武官。护军是中国古代高级军事长官的官名，与中领军、中都护等一起掌管禁军，主持选拔武官，监督管制诸武将。

㉕戟楯、弓矢、鼓吹：都是仪仗中的一部分。楯dùn，同“盾”，古兵器名，即盾牌。

㉖步兵校尉：武官名，汉武帝时设置的八校尉之一，驻防上林苑。长水校尉：汉武帝八校尉之一，掌管胡人骑兵，戒备长安城外宣曲宫。

㉗队：古代军事编制单位，一百人为一队。

㉘骑队：骑兵队。

㉙前军将军：武官名，西汉有大将军、骠骑将军、车骑将军、卫将军、前将军、后将军、左将军以及右

将军。大将军地位在三公之上，骠骑将军、车骑将军、卫将军在三公之下。前、后、左、右将军，位在九卿之下，不常设置。

㉚射声：即射声校尉，汉武帝所置八校尉之一。射声在八校尉中擅长弓箭射击，都是弓箭手。翊军校尉：西晋武官。此卤簿杂有西晋官制。

㉛骁骑将军、游击将军：官名。汉代始置，为杂号将军。

㉜黄门：官名，黄门侍郎、给事黄门侍郎的省称，西汉少府属官。秦汉在黄门设官署，设有黄门侍郎、给事黄门侍郎等职，与侍中一起主管门下诸事，侍奉皇帝左右。汉代有黄门令、小黄门、中黄门等，侍奉皇帝及其家族，都以宦官充任，故后世也称宦官为黄门。本文黄门鼓吹，当是黄门令所管辖之乐队。

㉝黄麾huī：皇帝仪仗所用的黄色旌旗。根据所处位置的不同，又分为前黄麾和后黄麾。

㉞校：古代军营的一种建制，此处当指队列。

㉟护驾御史：侍御史在大驾出巡时，即为护驾御史。

㊱御史中丞：官名，御史大夫的主要属吏。御史中丞掌管图书典籍，外督部刺史，内领侍御史十五人，受公卿奏事。御史中丞职位虽低，但执掌监察，权限很大。到东汉时，御史中丞取代御史大夫的地位，与司隶校尉、尚书令在朝会时，设专席独坐，

被称为“三独坐”。

㊲谒者仆射：官名，光禄勋属官，秩比千石。

㊳武刚车：古代一种有巾有盖的战车名。

㊴九斿liú车：即竖着九旒旗的车子。九斿，旗名。

㊵云罕：旌旗。乘舆出行时用作前导。云罕车：指竖着云罕旗的车。

㊶皮轩车：古代用虎皮装饰的车子。乘舆出行时用作前驱。

㊷阘xī戟：古兵器名，长戟。阘戟车：即插着长戟的战车，乘舆出行时用来当作前驱。

㊸鸾旗：天子仪仗中的旗子，赤色，用羽毛编成，上绣鸾鸟，故称。大驾出行则鸾旗车先行。

㊹建华车：古代的兽车。

㊺虎贲bēn中郎将：官名，光禄勋的属官。

㊻尚书郎：官名。

㊼尚书：官名。秦时属少府，秩六百石，为低级官员，在殿中主管发布文书。秦朝及汉初与尚冠、尚衣、尚食、尚浴、尚席，统称“六尚”。汉武帝时，选拔尚书、中书、侍中组成“中朝”（或称内朝），成为实际上的中央决策机关。尚书的地位也逐渐提高，与御史、史书令史等都是由太史选拔。

㊽相风乌车：装有测风向的铜乌的车。相风乌，古代铜制的鸟形风向器，成铜乌模样，安置在建筑高处，用来观测风向。

㊾殿中御史：官名，掌管殿中供奉等事务。

㊿典兵中郎：即五官中郎，郎官的一种。在宫内时负责门户警卫，皇帝出行时充当车骑，归五官中郎将统辖。

(51)高华：高贵的家族，名门望族。

(52)罼 bì罕 hǎn：天子车上的大旗，御驾出行时，用于仪仗前驱。罕，同“罕”，旗帜名。

(53)御马：仪仗所用的马，也称仪马。

(54)节：符节，古代使者持节出使，为代表国家的信物。此处当是天子仪仗之一，为皇帝出行的标志。

(55)华盖：古代君王出门，头顶或者车上装有华丽的伞盖，因有各种花纹，故称华盖。

(56)刚鼓：仪卫之一，置于天子所乘金根车前，显示威严。

(57)金根车：原为秦始皇所乘舆车，因涂有金根之色而得名，汉代沿用。金根车是乘舆车驾的一种，大驾出行，御凤凰车，以金根车为副车。

译文

汉朝皇帝车驾出行去甘泉宫和汾阴祭祀时，跟随的人有很多，由太仆驾车，大将军陪乘，称为大驾。

司马车四匹马驾御，在中间一列。

辟恶车四匹马驾御，在中间一列。

记道车四匹马驾御，在中间一列。

靖室令乘的车四匹马驾御，在中间一列。

象车、鼓吹乐队十三人，在中间一列。

式道候二人，坐的车一匹马驾御。（左右列各一人。）

长安都尉四人，骑马。（左右列各二人。）

长安亭长十人，驾车。（左右列各五人。）

长安令的车三匹马驾御，在中间一列。

京兆掾史三人，一匹马驾车。（分成三列。）

京兆尹的车四匹马驾御，在中间一列。

司隶校尉部的京兆从事、都部从事、别驾从事分别驾一车。（分成三列。）

司隶校尉的车四匹马驾御，在中间一列。

廷尉的车四匹马驾御，在中间一列。

太仆、宗正带着从事，四匹马驾车。（分左右两列。）

太常、光禄、卫尉，四匹马驾车。（分成三列。）

太尉属下的都督令史、贼曹属、仓曹属、户曹属、东曹掾、西曹掾，一匹马驾车。（左右列各三人。）

太尉的车四匹马驾御，在中间一列。

太尉舍人、祭酒，一匹马驾车。（分列左右。）

司徒的随从，像太尉王公的随从一样骑马。（令史、持戟吏也是各八人，鼓吹乐队一部。）

中护军骑马，在中间一行。（左右列各三行，戟楯、弓矢、鼓吹各一部。）

步兵校尉、长水校尉都是一匹马驾车。（分列左右。）

马队一百匹。（分成左右列。）

骑兵十队。(左右列各五队。)

前军将军。(左右列各二行，戟楯、刀楯、鼓吹乐队各一部，七人。)

射声校尉、翊军校尉，三匹马驾车。(左右列各两行，戟楯、刀楯、鼓吹乐队各一部，七人。)

骁骑将军、游击将军，三匹马驾车。(左右列各两行，戟楯、刀楯、鼓吹乐队各一部，七人。)

黄门令管辖的前部鼓吹乐队，左右列各一部，十三人，四匹马驾车。

前黄麾骑马，在中间一列。

从这里开始分为八队。(左右各四队。)

护驾御史骑马。(分列左右。)

御史中丞的车一匹马驾御，在中间一列。

谒者仆射的车四匹马驾御。

武刚车四匹马驾御，在中间一列。

九斿车四匹马驾御，在中间一列。

云罕车四匹马驾御，在中间一列。

皮轩车四匹马驾御，在中间一列。

闟戟车四匹马驾御，在中间一列。

鸾旗车四匹马驾御，在中间一列。

建华车四匹马驾御，在中间一列。(分左右列。)

虎贲中郎将车两匹马驾御，在中间一列。

护驾尚书郎三人，骑马。(分成三列。)

护驾尚书三人，在中间一列。

相风乌车四匹马驾御，在中间一列。

从这里开始分为十二队。（左右各六队。）

殿中御史骑马。（分列左右。）

典兵中郎骑马，在中间一列。

名门望族，在中间一列。

罼罕。（分列左右。）

御马。（分成三列。）

符节十六副。（左右各八副。）

华盖，在中间一列。

从这里开始分为十六队。（左右各八队。）

刚鼓，在中间一列。金根车。

从这里开始分为二十队，列满道路。

左卫将军、右卫将军。

华盖。（在这之后的文字腐烂不存。）

一二六　董仲舒天象

元光元年七月[①]，京师雨雹[②]。鲍敞问董仲舒曰[③]：“雹何物也？何气而生之？”

仲舒曰：“阴气胁阳气[④]。天地之气，阴阳相半，和气周回[⑤]，朝夕不息。阳德用事[⑥]，则和气皆阳，建巳之月是也[⑦]，故谓之正阳之月。阴德用事[⑧]，则和气皆阴，建亥之月是也[⑨]，故谓之正阴之月。十月阴虽用事，而阴不孤立，此月纯阴，疑于无阳[⑩]，故谓之阳月。诗人所谓‘日月阳止’者也[⑪]。四月阳虽用事，而阳不独存，此月纯阳，疑于无阴，故亦谓之阴月。自十月已后，阳气始生于地下，渐冉流散[⑫]，故言息也[⑬]，阴气转收，故言消也。日夜滋生，遂至四月，纯阳用事。自四月已后，阴气始生于天上，渐冉流散，故言息也，阳气转收，故言消也。日夜滋生，遂至十月，纯阴用事。二月、八月，阴阳正等，无多少也。以此推移[⑭]，无有差慝[⑮]。运动抑扬，更相动薄[⑯]，则熏蒿歊蒸[⑰]，而风雨云雾雷电雪雹生焉。气上薄为雨，下薄为雾。风其噫也[⑱]，云其气也，雷其相击之声也，电其相击之光也。二气之初蒸也，若有若无，若实若虚，若方若圆。攒聚相合[⑲]，其体稍重，故雨乘虚而坠。风多则合速，故雨大而疏。风少则合迟，故雨细而密。其寒月则雨凝于上，体尚轻微，而因风相袭，故成雪焉。寒有高下，上暖下寒，则上合为大雨，下凝为冰霰雪是也[20]。雹，霰之流也。阴气暴上，雨则凝结成雹焉。太平之世，则风不鸣条[21]，开甲散萌而已[22]；雨不破块[23]，润叶津茎而已[24]；雷不惊人，号令启发而已；电不眩目，宣示光耀而已[25]；雾不塞望，浸淫被泊而已[26]；雪不封条，凌殄毒害而已[27]。云则五色而为庆[28]，三色而成矞[29]；露则结味而成甘，结润而成膏[30]。此圣人之在上，则阴阳和、风雨时也[31]，政多纰缪[32]，则阴阳不调。风发屋[33]，雨溢河，雪至牛目[34]，雹杀驴马，此皆阴阳相荡，而为祲沴之妖也[35]。"

敞曰："四月无阴，十月无阳，何以明阴不孤立，阳不独存邪？"

仲舒曰："阴阳虽异，而所资一气也。阳用事，此则气为阳；阴用事，此则气为阴。阴阳之时虽异，而二体常存。犹如一鼎之水，而未加火，纯阴也；加火极热，纯阳也。纯阳则无阴，息火水寒，则更阴矣；纯阴则无阳，加火水热，则更阳矣。然则建巳之月为纯阳，不容都无复阴也[36]，但是阳家用事[37]，阳气之极耳。荠麦枯[38]，由阴杀也。建亥之月为纯阴，不容都无复阳也，但是阴家用事，阴气之极耳。荠麦始生，由阳升也。其著者，葶苈死于盛夏[39]，款冬华于严寒[40]，水极阴而有温泉，火至阳而有凉焰。故知阴不得无阳，阳不容都无阴也。"

敞曰："冬雨必暖，夏雨必凉，何也？"

曰："冬气多寒，阳气自上跻[41]，故人得其暖，而上蒸成雪矣。夏气多暖，阴气自下升，故人得其凉，而上蒸成雨矣。"

敞曰："雨既阴阳相蒸，四月纯阳，十月纯阴，斯则无二气相薄，则不雨乎？"

曰："然则纯阳纯阴，虽在四月十月，但月中之一日耳。"

敞曰："月中何日？"

曰："纯阳用事，未夏至一日；纯阴用事，未冬至一日。朔旦[42]、夏至、冬至，其正气也。"

敞曰："然则未至一日，其不雨乎？"

曰："然。颇有之，则妖也。和气之中，自生灾沴，能使阴阳改节，暖凉失度。"

敞曰："灾沴之气，其常存邪？"

曰："无也，时生耳。犹乎人四支五脏[43]，中也有时，及其病也，四支五脏皆病也。"

敞迁延负墙[44]，俛揖而退[45]。

注释

①元光元年：公元前134年。元光，汉武帝的年号。

②雨 yù：动词，下、降落。雹：冰雹。

③鲍敞：人名，生平不详。

④胁：逼迫。

⑤周回：循环往复。

⑥阳德：阳气。用事：指当权、执政，此处为支配、控制之意。

⑦建巳之月：夏历四月。夏历以十二地支纪月，十一月为建子，四月为建巳。

⑧阴德：即阴气。

⑨建亥之月：夏历十月。

⑩疑于：近乎，几乎。

⑪日月阳止：指农历十月。阳，指十月。止，是句尾语气助词。

⑫冉：渐渐。

⑬息：即滋生，生长。与“消”相对。

⑭推移：循环，变迁。

⑮差慝tè：差错。

⑯更相动薄：互相作用，互相激荡。薄，即迫，逼迫。

⑰熏蒿歊xiāo蒸：形容气蒸腾的样子。

⑱噫ài：呼气。

⑲攒cuán聚：聚集。

⑳霰xiàn：雪珠。

㉑鸣条：风吹树枝发出的响声。条，树枝。

㉒甲：种子的外壳。散萌：指植物发芽。

㉓雨不破块：形容雨很小，不能破坏土块的形状。

㉔津：滋润、润泽。

㉕宣示：显示。

㉖浸淫：浸润、濡湿。被泊：即覆盖，弥漫。

㉗凌殄 tiǎn：清除或消灭。

㉘庆：指庆云，代表祥瑞的云气。

㉙矞 yù：指矞云，一种三色彩云，也被认为是祥云。

㉚膏：滋润的甘霖。

㉛时：及时、应时。

㉜纰 pī 缪：错误。

㉝发屋：掀翻屋顶。

㉞至：同“窒”，堵塞。

㉟祲 jìn 沴 lì：妖祸，灾害。祲，为阴阳二气相侵所形成的象征不祥的云气，古人将其当作妖氛。沴，天地四时之气不协调而产生的灾害。

㊱容：应当。

㊲但：只是。

㊳荠 jì：荠菜。麦 líng：荞麦，也作“荠麦”。

㊴葶 tíng 苈 lì：也作亭历、丁历，是一种杂草。

㊵款冬：一种多年生草本植物，又写作款东。款冬为菊科，冬季开花，花蕾性温味辛，可入药，具有润肺下气以及化痰止咳的作用。

㊶跻 jī：即登，升。

㊷朔旦：阴历的每月初一。

㊸四支：即四肢。

㊹迁延：退却、后退的样子。负墙：即背墙而立。古

时与尊者谈话结束，退至于墙，肃立，以示逊让尊敬之意。

㊺俛 fǔ 揖 yī：低头拱手行礼。

译文

元光元年七月，国都长安下起了冰雹。鲍敞问董仲舒："冰雹是什么东西？是什么气生成了冰雹？"

董仲舒说："阴气胁迫阳气而生成。天地之间的气，阴气和阳气各占一半，产生的和合之气，周回复始，从早到晚一刻也不停息。阳气占主导地位时，则和合之气都是阳气，四月就是这样的，所以称之为正阳之月。阴气占主导地位时，则和合之气都是阴气，十月就是这样的，所以称之为正阴之月。十月的时候，虽然阴气占主导地位，但是阴气并不是孤立存在的。这个月纯是阴气，几乎没有阳气，所以称之为阳月。这就是诗人所说的'时光已经到阳月了'。四月虽然是阳气占主导地位，但是阳气也不是独自存在的。这个月纯是阳气，几乎没有阴气，所以称之为阴月。从十月往后，阳气在地下慢慢滋生，传播扩散，所以说它是在生长。阴气开始收敛，所以说它是在消竭。阳气日夜不停地滋生，一直到四月，全部都是阳气。从四月往后，阴气开始在天上慢慢滋生，传播扩散，所以说它是在生长。阳气慢慢收敛，所以说它是在消竭。阴气日夜不停地滋生，一直到十月，全部都是阴气。二月、八月，阴气和阳气相等，没有差别。

阴阳二气就是按照这样的规律循环往复，没有出现过差错。阴气和阳气上下高低来回运动，相互作用，相互激荡，气不断地蒸腾着，于是就产生了风雨云雾雷电雪雹。气往上升，就变成了雨，往下压就形成了雾。风是它们呼出的气，云是它们产生的气雾，雷是它们互相搏击时发出的声音，电是它们互相搏击时的火光。阴阳二气刚开始蒸腾的时候，若有若无，若实若虚，若方若圆。它们聚集起来，结合在一起，积到一定重量，就变成雨点从天空中飘落下来。风大，二气结合的速度就快，所以雨点落下来就大而疏。风小，二气结合的速度就慢，所以雨点落下来就小而密集。寒冷的月份，雨在上空凝结，还很轻小，被风一吹，就变成了雪。寒气有高下的差别，上面温暖下面寒冷，那么上层的云气就聚集变成大雨，下层的云气就凝结为冰雪雪珠。冰雹，就是雪珠一类的东西。阴气突然往上冲，雨就凝结成冰雹了。在太平盛世，刮风不会把树枝吹得哗哗乱响，只是使种子破壳发芽而已；下雨不会大得砸碎土块，只会滋润植物的叶子和根茎；打雷不会惊到人，只是发布号令让万物苏醒；闪电不会使人感到眼花，只是显示一下自己的光芒；雾不会阻碍人们远望，只是弥漫开来，使大地浸润在水汽里；雪不会埋没树枝，只是消灭那些害虫而已。云有五色，就成为庆云，呈现三色，就成为矞云。露珠的味道是甘甜的，滋润得大地十分肥沃。这是因为圣人在统治着，所以阴阳调和，风调雨顺。如果国家的统治政策有很多错误，那么阴阳就会失调。大风会掀翻屋顶，暴雨会溢出河堤，大雪会塞瞎牛眼，冰雹会砸死驴马，这都是阴阳之气相互激荡带来的灾祸。”

鲍敞说：“四月没有阴气，十月没有阳气，如何知道阴气不是独立，阳气不是独自存在呢？”

董仲舒回答说：“阴阳虽然不同，但是本质上是一样的。阳气占主导地位时，那么这时候的气都是阳气；阴气占主导地位时，这时候的气都是阴气。阴阳之气占主导地位的时间不同，但是二气却是永恒存在着的。就好像有一鼎水，没有加火烧时，是纯阴的，加火烧到最热以后，就变成了纯阳的。完全是阳的，就没有阴，把火熄灭，水变凉了，那么就又变成阴的了。完全是阴的，没有阳，加火把水烧热，就变成阳的了。所以四月是纯阳，并不是说不存在阴气了，只是阳的一方占主导，阳气达到极盛而已。荠菜、荠麦都枯萎了，是被阴气杀死的。十月为纯阴之月，并不是说不存在阳气了，而是阴的一方占主导，阴气达到极盛而已。荠菜、荠麦又重新生长，是由于阳气上升的缘故。举最显著的例子，葶苈在盛夏死去，款冬在严冬盛开，水是偏阴的，却有温泉，火是偏阳的，却有不热的火焰。由此可知，阴不能离开阳，阳也不能完全离开阴。”

鲍敞说：“冬天下雨必定温暖，夏天下雨一定很凉爽，这是因为什么原因？”

董仲舒说：“冬天的气大多都很寒冷，阳气从上面上升，所以人们觉得温暖。而气向上蒸腾就形成了雪。夏天的气大多很温暖，阴气从下面上升，所以人们会感觉凉爽。而气向上蒸腾，就变成了雨。”

鲍敞说：“雨既然是阴阳二气相互蒸腾的结果，那么四月全是阳气，十月全是阴气，没有二气的相互激荡，难道就不下雨了吗？”

董仲舒说：“完全是阳气或者阴气固然是在四月和十月，但只是这两个月中的一天。”

鲍敞说：“这两个月的哪一天？”

董仲舒说：“完全是阳气占主导的，是在夏至前一天；完全是阴气占主导的，是在冬至前一天。每月的初一、夏至、冬至，就是阴阳之气最为纯正的时候。”

鲍敞问：“但是夏至、冬至的前一天，就不下雨了吗？”

董仲舒说：“是这样的。有时候也下雨，但这是妖异。阴阳之气在和合当中，自身产生了不祥的妖气，它会使阴阳违反了节令，暖凉失去了控制。”

鲍敞问：“灾害不祥的妖气是经常存在的吗？”

董仲舒回答：“不是的，但是随时都会产生。这就像人的四肢五脏，多数时候是正常的，但出了毛病的时候，四肢五脏都会出毛病了。”

鲍敞退了几步靠到墙边，弯身作了个揖，告辞而去。

一二七　郭舍人投壶

武帝时，郭舍人善投壶[1]，以竹为矢[2]，不用棘也[3]。古之投壶，取中而不求还，故实小豆于中[4]，恶其矢跃而出也[5]。郭舍人则激矢令还[6]，一矢百余反，谓之为骁[7]。言如博之竖棋于辈中[8]，为骁杰也。每为武帝投壶，辄赐金帛。

注释

①郭舍人：汉武帝时期宫中的倡优。据《史记》记载，救汉武帝乳母的即此人，而非东方朔。投壶：是先秦时期开始流行的一种礼制，也是一种游戏。起源于射礼。贵族聚会时，常常在席间设壶，广口大腹，颈部细长，一般壶中放有豆子，空隙不大。如投矢过猛，矢就会从中弹出。比赛时常常以投中多者为胜，负者要被罚酒。

②矢：投壶的筹子，一般用酸枣木或者柘木做成，以竹为矢，大约是因其质地坚硬。

③棘 jí：酸枣木。

④实：形容词活用为动词，装。

⑤恶：避免。

⑥激：使弹起，跳起。

⑦骁 xiāo：勇猛，此处当为杰出、超群的意思。

⑧博：即陆博，古代的一种博戏。竖棋：古代博戏中，各六子时，有一子到一定时候可转为骁棋，并且竖立起来，以区别于他子。

译文

汉武帝的时候，郭舍人善于投壶，用竹子做算筹，不用酸枣木。古时候人投壶，只求投中，而不求筹子跳出来，所以在投壶中装了小豆，避免筹子从里面跳出来。郭舍人却能让筹子弹跳回来，一个筹子可以来回弹跳一百多次，并把这个筹子称为“骁”。这是说它像博戏时的那个竖棋一样，是取胜的骁杰。他每次替汉武帝投壶，汉武帝都会赐给他金银和丝帛。

一二八　象牙簟

武帝以象牙为簟，赐李夫人①。

注释

①李夫人：平阳公主家婢，舞伎，后入宫。生汉武帝第五子刘髆，封昌邑王。其兄李延年、李广利也因而成为武帝宠臣。昭帝时，追赠为“孝武皇后”。

译文

汉武帝用象牙做成席子，赐给李夫人。

一二九　贾谊《鹏鸟赋》

贾谊在长沙[①]，鹏鸟集其承尘[②]。长沙俗以鹏鸟至人家，主人死。谊作《鹏鸟赋》[③]，齐死生，等荣辱，以遣忧累焉。

注释

①此句指贾谊因得罪周勃等权贵，文帝被迫将他贬谪到长沙担任长沙王太傅。

②鹏鸟：鸟名。外形像猫头鹰，古人认为是不祥之鸟。承尘：室内置于床上或者榻上的物件，以避免尘土落下，承尘大多由木板制成。也有认为是帷帐。

③《鹏鸟赋》：是贾谊的代表作之一。作者在赋前小序中称，自己的改革受挫，又不习惯长沙卑湿的环境，总认为自己命不长久，此时又有不吉利的鹏鸟飞落，所以心中郁闷而写作此赋。《鹏鸟赋》以人鸟对话而展开，以议论来抒发作者对生命忧患的思考，阐发人生的哲理。议论之中常运用一些贴切的比喻，以增强议论的形象性，也会常用感叹语气来加强议论的情感性。此赋语言凝炼精警，形式上多以整齐的四言句为主，也有散文化的倾向，体现了向汉大赋的过渡。

译文

贾谊谪居在长沙时，有一群鹏鸟停息在他床顶悬挂的承尘上。长沙地方的风俗认为鹏鸟飞到人家里，这家的主人就会死去。贾谊于是写下了《鹏鸟赋》，表示要混同死生，均等荣辱，来排遣心中的忧郁烦恼。

一三〇　金石感偏

李广与兄弟共猎于冥山之北[1]，见卧虎焉。射之，一矢即毙，断其髑髅以为枕[2]，示服猛也[3]。铸铜象其形为溲器[4]，示厌辱之也。他日，复猎于冥山之阳[5]，又见卧虎，射之，没矢饮羽[6]。进而视之，乃石也，其形类虎。退而更射，镞破竿折而石不伤[7]。余尝以问扬子云，子云曰："至诚则金石为开。"余应之曰："昔人有游东海者，既而风恶，船漂不能制，船随风浪，莫知所之。一日一夜，得至一孤洲，共侣欢然[8]。下石植缆[9]，登洲煮食。食未熟而洲没，在船者斫断其缆，船复漂荡。向者孤洲乃大鱼[10]，怒掉扬鬣[11]，吸波吐浪而去，疾如风云。在洲死者十余人。又余所知陈缟[12]，质木人也[13]。入终南山采薪，还晚，趋舍未至，见张丞相墓前石马[14]，谓为鹿也，即以斧挝之[15]，斧缺柯折[16]，石马不伤。此二者亦至诚也，卒有沉溺缺斧之事，何金石之所感偏乎？"子云无以应余。

注释

①李广（?—前119）：西汉名将，陇西成纪（今甘肃省天水市）人。李广擅长骑马射箭，平生与匈奴进行过七十余次战斗，屡建战功。武帝时期，曾担任右北平太守，匈奴数年不敢攻掠，被称为

"飞将军"。元狩四年（前119），随大将军卫青进攻匈奴，因为迷失道路错过了会师的时间，遭到追究，因耻于应对刀笔小吏而自杀。冥山：又名石城山、固城山，在今河南省信阳市东南。

②髑dú髅lóu：老虎的头颅。

③服猛：指降服凶猛的敌人。

④溲器：小便器。

⑤阳：山的南边。古人称山南水北为阳。

⑥没矢饮羽：指箭没入石中，只有箭尾的羽毛还在外面，形容射力之大。

⑦镞zú：箭头。笴：箭杆。

⑧共侣：一起的伙伴。

⑨下石：即抛下石锚。石，石锚。植缆：指拴系缆绳。

⑩向者：往昔，先前。

⑪怒掉：奋力掉头。鬣liè：鱼颌旁小鳍。

⑫陈缟：人名，生平事迹不详。

⑬质木人：质朴而不矫饰，心性木讷的憨人。

⑭张丞相：汉代共有两位张姓丞相，即张苍和张禹。张禹墓在今陕西省咸阳市西北，不在终南山上，所以此处的张丞相应该是指张苍。

⑮挝zhuā：敲击。

⑯柯：即斧柄。

译文

李广和兄弟一起到冥山的北面打猎，看到一只猛虎卧着，就拉弓射箭，一箭就把它射死了。他把老虎的骷髅折下来做成枕头，表示征服了猛虎，又用铜铸成这只老虎的样子做成尿壶，表示嫌弃侮辱的意思。后来有一天，他又在冥山的南边打猎，又看见一只卧着的老虎，一箭射去，箭头深深地射进去，连尾部的羽毛都陷进去看不见了。走近一看，原来是一块石头，形状很像老虎。退后再射，结果箭头射破，箭杆折断，而石头丝毫无损。我曾经拿这件事问过扬雄，扬雄说："心意最真诚时，连金石都会为之感动得开裂。"我回答说："从前有人游东海，不久就刮起了暴风，船漂荡摇摆失去控制，随风逐浪，不知要漂流到何方。过了一天一夜，才到一个孤零零的小岛上，船上的人很高兴。有人便抛下石锚，系起缆绳，登上小岛煮东西吃。东西还没煮熟，小岛就沉没了，留在船上的人砍断缆绳，船又继续漂荡。先前那个孤零零的小岛原来是一条大鱼，它奋力掉头，呼吸间波涛汹涌，游动而去，快得像风吹云飘。在小岛上死的人有十几个。又如我所认识的陈缟，是个生性质朴的人。他到终南山去砍柴，回来晚了，赶着回家，没到家门，看见张苍墓前的石马，以为是一头鹿，就挥起斧头砍去，结果斧头缺了口，斧柄也折断了，石马却丝毫无损。这两组人都是极其真诚的，最终却遭到了沉没和斧头缺口的结果，怎么金石的那份诚意感动有偏心呢？”扬雄也找不出话来回答我。

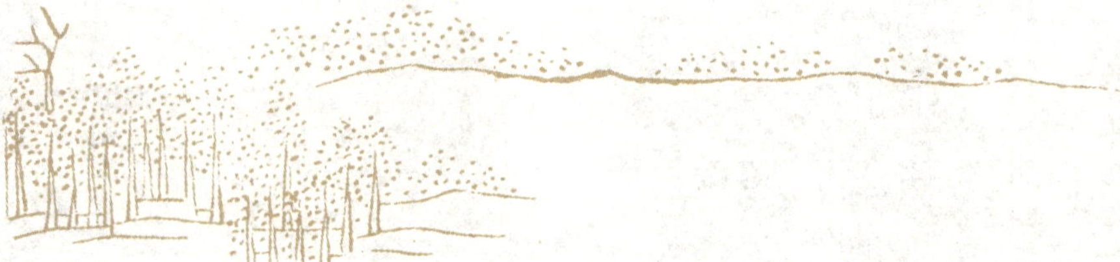

卷六

一三一 文木赋

鲁恭王得文木一枚[1]，伐以为器，意甚玩之[2]。中山王为赋曰[3]："丽木离披[4]，生彼高崖。拂天河而布叶[5]，横日路而擢枝[6]。幼雏羸鷇[7]，单雄寡雌，纷纭翔集，嘈嗷鸣啼[8]。载重雪而梢劲风，将等岁于二仪[9]。巧匠不识，王子见知。乃命班尔[10]，载斧伐斯[11]。隐若天崩，豁如地裂[12]。华叶分披[13]，条枝摧折，既剥既刊[14]，见其文章[15]。或如龙盘虎踞，复似鸾集凤翔。青緺紫绶[16]，环璧珪璋[17]。重山累嶂[18]，连波叠浪。奔电屯云，薄雾浓雰[19]。麚宗骥旅[20]，鸡族雉群。蠋绣鸯锦[21]，莲藻芰文[22]。色比金而有裕，质参玉而无分。裁为用器，曲直舒卷。修竹映池，高松植巘[23]。制为乐器，婉转蟠纡[24]。凤将九子，龙导五驹[25]。制为屏风，郁茀穹隆[26]。制为杖几，极丽穷美。制为枕案，文章璀璨[27]，彪炳涣汗[28]。制为盘盂[29]，采玩踟蹰[30]。猗欤君子[31]，其乐只且[32]！"

恭王大悦，顾盼而笑，赐骏马二匹。

注释

①文木：一种树名，原产地越南，木质细密，有纹理，颜色黑如水牛角。

②玩：欣赏。

③中山王：即中山靖王刘胜，汉景帝的儿子，鲁恭王的弟弟。公元前154年，汉景帝封刘胜为中山王。中山王为人骄纵奢淫，贪酒好色。

④离披：散乱。

⑤拂：掠过。天河：银河。

⑥日路：即太阳运行的轨迹。擢zhuó：抽生。

⑦羸léi：瘦弱。鷇kòu：初生的小鸟。

⑧嘈嗷：象声词。形容声音喧闹杂乱。

⑨二仪：乾坤，天地。

⑩班尔：即鲁班和王尔，两人都是古代的能工巧匠，这里用来泛指能工巧匠。

⑪斯：劈。

⑫隐若天崩，豁如地裂：这两句描述文木被伐时倒地的声音，轰然作响，好似天崩地裂。隐、豁，象声词。

⑬披：落下。

⑭剥：削掉，去皮。刊：砍去。

⑮文章：树木的纹理形状。

⑯青緺guā：青紫色丝带。

⑰环：指圆形而中间有孔的玉器。珪璋：均为古代祭祀时所用的玉制礼器。

⑱嶂zhàng：形容高险像屏障一样的山峰。

⑲雰fēn：雾气。

⑳麚jiā宗骥旅：雄鹿和骏马成群结队。麚，雄鹿。

㉑蠋 zhú：泛指鳞翅目和膜翅目叶蜂的幼虫。这里指蛾蝶类的幼虫，似蚕，色青。
㉒藻：水草。芰 jì：菱，俗称菱角。两角的叫菱，四角的叫芰。以上几句都是喻指文木的纹理。
㉓巘 yǎn：大山上的小山，指山峰、山巅。
㉔蟠纡 yū：盘绕曲折。
㉕凤将九子，龙导五驹：乐声有的像凤带着九个儿子鸣叫，有的像龙领着五子吟哦。古人常用凤鸣喻啸声，用龙吟喻笛音，这两句则是更为形象的说法。驹，初生的马、驴、骡等，这里指龙子。
㉖郁岪 fú：山势高险貌。又可形容山气暗昧。穹隆：指天空中间高四周下垂的样子，也泛指隆起成拱形。这里指屈曲的样子。
㉗璀璨：形容光彩夺目，非常绚丽。
㉘彪炳涣汗：指文采焕发的样子。
㉙盘盂 yú：盛水和盛食物的器皿。古代常将铭言或功绩刻于盘盂，作为法鉴。
㉚踟 chí 蹰 chú：形容悠然自得的样子。
㉛猗欤：叹词。表赞美。
㉜只且：语气词。表感叹。

译文

鲁恭王得到一根文木，砍下来做成器物，内心很是高兴。中山王为这件事写了一篇赋，说："美丽的树木枝叶散乱生长在那边高高的悬崖上。枝条掠过银河而布满绿叶，在太阳运行的轨道边横斜抽枝。出生的小鸟瘦弱待哺，单飞的雄鸟雌鸟纷纷飞来栖息在这树上，发出嘈嗷的鸣啼。身披积雪但树梢仍在劲风中舞动，年岁差不多等同于天地。巧匠们没有发现它，却被王子得知。王子于是就派能工巧匠带着斧子来砍伐这棵大树。轰隆一声，好像天崩地裂。树叶纷纷落下，树枝都被砍折。将它削光剃净后，才看见它内部的纹理。有的像龙虎盘踞，有的像鸾凤翱翔云集。有的像青紫色的丝带，悬挂着玉环玉璧和珪璋。有的像重叠的山峰，层层的波浪。有的像雷电奔驰，云雾集聚。有的像雄鹿骏马聚集在一起，又像成群的家鸡野鸡。有的像绣着蛾蝶鸳鸯的华丽锦缎，有的又像莲花水草和菱角上的纹理。色彩比黄金还要好看，质地与美玉相比而不差分毫。将它锯下来做成器物，弯曲舒展任人挑选。有的像细长的竹子映照着池塘，有的像高高的松树生长在山巅。用它做成乐器，形状宛转曲折。乐声有的像凤带着九个儿子鸣叫，有的像龙领着五子吟哦。用它制作成屏风，形状蜿蜒起伏，好像高峻的山峰。用它做成手杖和矮桌，十分的精美。用它制成枕头和小桌，光彩夺目，文采焕发。用它制成盘盂，主人赏玩得不舍离去。多么美好的君子啊，愿他快乐不已。”

鲁恭王看了十分高兴，向左右看看笑开了，赏赐给中山王骏马两匹。

一三二　广川王发古冢

广川王去疾[①]，好聚无赖少年，游猎毕弋无度[②]。国内冢藏[③]，一皆发掘。余所知爰猛[④]，说其大父为广川王中尉[⑤]，每谏王不听，病免归家。说王所发掘冢墓不可胜数，其奇异者百数焉。为余说十许事，今记之如左。

注释

①广川：西汉封国名。原为郡，景帝乙酉二年（前155）改为国，治信都（今河北省冀州市）。辖境相当于今河北省武邑、深州、枣强、衡水、景县、南宫市和山东省德州市。不久改为信都郡，很快又改回广川国。去疾：即刘去疾（？—前71），《汉书》称为刘去。景帝曾孙，广川缪王子。公元前91年，缪王病死，因有罪而国除。同年武帝复立其国，因此刘去疾被立为广川王。为人暴虐，以酷刑杀其姬妾众多，后事发自杀。

②毕弋：泛指打猎活动。毕，捕猎时用的网。弋，指以绳系于箭尾而射的捕猎方法。

③国：即广川国。冢藏：坟墓及墓中的随葬品。

④爰猛：人名，生平事迹不详。

⑤大父：祖父。中尉：官名。此处指汉代诸侯国的

军事长官，主要职责为维护国内治安，秩两千石。西汉初期由诸侯国自置，景帝后由朝廷任命。同时中央亦有中尉，掌管京师治安，为九卿之一。

译文

广川王刘去疾，喜欢纠集一批纨绔少年，毫无节制地游弋射猎。广川国内的墓葬以及墓中所藏的随葬品，全给他们发掘了。我所熟悉的爰猛给我说，他的祖父曾担任过广川国的中尉，每每规劝，而广川王不听，就托病辞官回家了。他说广川王所盗掘的墓葬数不胜数，其中奇怪的事有一百来件。他给我说了十来件事，现在将它们一一记录如下。

一三三　魏襄王冢

魏襄王冢①，皆以文石为椁②，高八尺许，广狭容四十人。以手扪椁③，滑液如新④。中有石床、石屏风，婉然周正⑤。不见棺柩明器踪迹⑥，但床上有玉唾壶一枚⑦，铜剑二枚，金玉杂具，皆如新物，王取服之。

注释

①魏襄王(？—前296)：战国时期魏国第四代国君，魏惠王之子。前318—前296年在位。在位期间，与秦、楚的交锋屡屡败北，魏国地位逐渐下降。

②文石：有纹理的石块。

③扪mén：摸。

④滑液：滑润。

⑤周正：完整。

⑥明器：即“冥器”，此处指古代殉葬的宝物，后多指焚化烧给死者的纸质器物。

⑦唾壶：承接唾液的容器，即痰盂。

译文

魏襄王的墓，全用带纹理的石块做外棺，高约八尺，长宽能容下四十人，用手摸外棺，滑润如新。墓中有石床、石屏风，都完好无缺。没看见棺柩中那些随葬品的踪影，只是石床上有玉痰盂一只，铜剑两把，以及一些杂置的金银美玉，都像新的，广川王拿去使用了。

一三四　哀王冢

哀王冢[①]，以铁灌其上，穿凿三日乃开。有黄气如雾，触人鼻目，皆辛苦[②]，不可入。以兵守之，七日乃歇。初至一户，无扃钥[③]。石床方四尺，床上有石几，左右各三石人立侍，皆武冠带剑。复入一户，石扉有关钥[④]，叩开，见棺柩，黑光照人。刀斫不入[⑤]，烧锯截之，乃漆杂兕革为棺[⑥]。厚数寸，累积十余重，力不能开，乃止。复入一户，亦石扉，开钥，得石床，方七尺。石屏风、铜帐钩一具，或在床上，或在地下，似是帐糜朽，而铜钩堕落。床上石枕一枚，尘埃朏朏[⑦]，甚高，似是衣服[⑧]。床左右石妇人各二十，悉皆立侍，或有执巾栉镜镊之象[⑨]，或有执盘奉食之形。无余异物，但有铁镜数百枚。

注释

①哀王：即魏哀王，魏襄王之子，在位二十三年。

②辛苦：辛辣刺鼻。

③扃 jiōng：即从外面关门的门闩。钥：门锁。

④石扉：石门。

⑤斫 zhuó：用刀砍。

⑥兕 sì 革：犀牛皮。兕，古代传说中的雌犀牛。

⑦朏 fěi 朏：堆积的样子，指尘埃堆积得很厚。

⑧衣服：古代常以墓主生前所穿的衣服作为陪葬品。

⑨巾栉 zhì 镜镊：即毛巾、梳子、铜镜、镊子等洗漱、沐浴、化妆用品。栉，梳子和篦子的总称。

译文

魏哀王的墓，上面全部用铁水浇铸，挖凿了三天才打开。有一股黄气像雾一样，向人的鼻子眼睛扑过来，气味辛辣扑鼻，人无法进到墓里。派士兵把守，七天后气味才消散。开始进到一扇门，没有门闩门锁。有一张石床，长宽各四尺，床上有石头矮桌，左右各有三个石人侍立着，都穿戴着武士的衣冠带着剑。又进到一扇门，石门上有门闩门锁，打开来，看到了棺柩，黑光照人。刀砍不进去，用烧热的锯锯断它，原来是兽皮掺杂了漆做成了棺木，有好几寸厚，累计有十来层，人力开不动，就住手了。又进到一扇门，也是石门，打开门锁，看到一张石床长宽各七尺。石屏风、铜帐钩一副。有的在床上，有的在地下，像是帐子朽烂之后，铜钩掉落。床上石枕头一只，上面积满了尘埃，很高，像是朽烂的衣服。床的两边各有石妇人二十个，都侍立在一旁，有的是手执毛巾、梳子、镜子、镊子的样子，有的是举着盘子侍奉进食的样子。此外没有其他东西，只有铁镜几百枚。

一三五　魏王子且渠冢

魏王子且渠冢[1]，甚浅狭，无棺柩，但有石床，广六尺，长一丈，石屏风，床下悉是云母。床上两尸，一男一女，皆年二十许，俱东首[2]，裸卧无衣衾[3]，肌肤颜色如生人，鬓发齿爪亦如生人，王畏惧之，不敢侵近，还，拥闭如旧焉。

注释

①且渠：魏王子之名，事迹不详。

②东首：头朝东。

③衾 qīn：尸体入殓时盖尸的单被。

译文

魏国王子且渠的墓，很浅，没有棺柩，只有一张石床，宽六尺，长一丈，还有石屏风，床下都是云母石。床上有两具尸体，一男一女，年纪都在二十岁左右，都是头朝东，全身赤裸地躺着，没有衣服和遮盖尸体的单被。肌肤脸色就像活人一样，鬓发、牙齿、手指也如同活人。广川王很害怕，不敢靠近，退出来，把墓穴照旧填塞封闭起来。

一三六　袁盎冢

袁盎冢[1]，以瓦为棺椁，器物都无，唯有铜镜一枚。

注释

①袁盎（？—前148）：也作“爰盎”，字丝。性格刚直，有才干，敢于直言进谏。历任齐相、吴相。后被晁错告发隐瞒吴王谋反事，被贬为庶人。吴楚七国之乱时，他建议景帝诛杀晁错以平息叛乱。后来因阻止景帝立梁孝王为嗣，被梁孝王派刺客刺杀。

译文

袁盎的墓，用瓦做的棺椁，什么随葬品也没有，只有铜镜一枚。

一三七　晋灵公冢

晋灵公冢①，甚瑰壮，四角皆以石为玃犬捧烛②，石人男女四十余，皆立侍，棺器无复形兆③，尸犹不坏，孔窍中皆有金玉④。其余器物皆朽烂不可别，唯玉蟾蜍一枚，大如拳，腹空，容五合水⑤，光润如新，王取以盛书滴⑥。

注释

①晋灵公：春秋时晋文公之孙，襄公之子。前620年即位，在位期间荒淫无道，常登台以弹丸射人为乐。因大臣赵盾进谏不听，而迫使赵盾出逃，引起赵氏集团不满，后被赵穿刺杀于桃园。

②玃jué：古书上说的一种大猴子。

③形兆：踪迹。

④孔窍：古代丧葬制度，古人常常把尸体的七窍都用金、玉塞住，以求得灵魂安好，尸身完好。

⑤合：古代的量词，十合为一升。

⑥书滴：磨墨时用的水滴。

译文

晋灵公的墓十分瑰丽壮观，四周都用石块做成大猴捧烛的形状，男女石人四十多个，都侍立两旁。棺椁和随葬器物都没有了，尸体还没腐烂，七窍中还有金银珠玉。其他的器物都腐烂得分不清是什么东西了。只有一个玉蟾蜍，大如拳头，腹中是空的，能装半升水，光滑如新，广川王拿去，磨墨时用来盛水。

一三八　幽王冢

幽王冢[①]，甚高壮，羡门既开[②]，皆是石垩[③]，拨除丈余深，乃得云母，深尺余，见百余尸，纵横相枕藉，皆不朽，唯一男子，余皆女子，或坐或卧，亦犹有立者，衣服形色，不异生人。

注释

①幽王：先秦时期称“幽王”者有周幽王、楚幽王，均不可能葬于广川国境内。周天游校注《西京杂记》认为当为晋幽公。前437年在位，前419年因淫妇人，夜出时为盗贼杀害。

②羡yán门：墓道门。羡，通“埏”，墓道。

③石垩è：一种石灰岩，能隔水防热，通称白色土。

译文

幽王墓十分高大壮观，墓门打开后，全是白色土，清理到一丈多深，才看到云母，再挖深一尺多，看到一百多具尸体，纵横交错相互枕靠，都没有腐烂，只有一个男子，其余全是女子，有的坐着，有的躺着，也还有站着的，衣服的样式颜色，和活人一样。

一三九　栾书冢

栾书冢[①]，棺柩明器，朽烂无余。有一白狐，见人惊走，左右遂击之，不能得，伤其左脚。其夕，王梦一丈夫，须眉尽白，来谓王曰："何故伤吾左脚？"乃以杖叩王左脚。王觉，脚肿痛生疮，至死不差[②]。

注释

①栾书（？—前573）：即栾武子，春秋时期晋国大夫。晋厉公时，执掌晋国政权。厉公六年（前575），率师伐郑，大败楚师于鄢陵。厉公无道，欲诛杀栾书，栾书因杀厉公，立晋悼公。晋平公时，栾氏被灭族。

②差 chài：同"瘥"，病除、痊愈。

译文

栾书的墓中，棺柩以及随葬品都已经全部腐烂了。有一只白狐，看到人便惊慌地逃走了，广川王手下的人就去追击它，没有追到，打伤了它的左脚。当晚，广川王梦到一个男子，胡子眉毛都白了，来对他说："为什么打伤我的左脚？"就用手杖敲打广川王的左脚。广川王醒来，脚肿痛生疮，到死都没好。

一四〇　太液池五舟

太液池中有鸣鹤舟、容与舟、清旷舟、采菱舟、越女舟。

译文

太液池当中有鸣鹤舟、容与舟、清旷舟、采菱舟、越女舟。

一四一　孤树池

太液池西有一池，名孤树池。池中有洲，洲上煔树一株[①]，六十余围，望之重重如盖[②]，故取为名。

注释

①煔 shān 树：即杉树。煔，通“杉”。

②重重：层层。盖：伞盖。

译文

太液池西边有一个水池，叫孤树池。池中有块沙洲，沙洲上有一株杉树，树身有六十多人合抱那么粗，看上去像一层层的伞盖，所以池塘以树命名。

一四二　昆明池中船

昆明池中有戈船、楼船各数百艘[1]。楼船上建楼橹[2]，戈船上建戈矛，四角悉垂幡旄[3]，旍葆麾盖[4]，照灼涯涘[5]。余少时犹忆见之。

注释

①戈船：配有可刺可钩的戟的战船。楼船：有楼的大船，古代多用于作战，相传汉武帝时创造。

②楼橹：当指楼船上的瞭望台。

③悉：都。幡旄：各色旗帜。

④旍 jīng：同“旌”，旗。葆：车盖。麾盖：旗帜之顶。

⑤涯涘：水边。

译文

昆明池中有戈船、楼船各数百艘。楼船上建有瞭望台，戈船上装有戈和矛，四周全挂着旗帜，旗盖旗顶，照亮了水边。我小时候记得还看到过。

一四三　玳瑁床

韩嫣以玳瑁为床[1]。

注释

①韩嫣：汉武帝的宠臣，其事见前文。玳 dài 瑁 mào：一种爬行动物，形状像海龟。背甲棕褐色，有褐色和淡黄色相间的花纹。产于黄海、南海、东海以及热带、亚热带沿海。背甲可用来制作眼镜框或装饰品，也可入药。

译文

韩嫣用玳瑁来做床。

一四四　书太史公事

汉承周史官，至武帝置太史公。太史公司马谈[1]，世为太史；子迁，年十三，使乘传行天下[2]，求古诸侯史记，续孔氏古文，序世事，作传百三十卷，五十万字。谈死，子迁以世官复为太史公，位在丞相下。天下上计[3]，先上太史公，副上丞相。太史公序事如古《春秋》法[4]，司马氏本古周史佚后也[5]。作《景帝本纪》，极言其短及武帝之过，帝怒而削去之。后坐举李陵[6]，陵降匈奴，下迁蚕室[7]。有怨言，下狱死。宣帝以其官为令，行太史公文书事而已，不复用其子孙。

注释

①司马谈（？—前110）：司马迁之父，西汉著名史学家和思想家，曾为太史令。

②乘传：乘着传舍中的车子。传，传舍，汉代官办的驿站，里面备有接待往来官员的车子。

③上计：即由地方行政长官定期向上级呈上的统计文书，报告地方的治理状况。县里的上计者于年终将该县户口、垦田、钱谷以及刑狱状况等，编制为计簿（亦名“集簿”），呈送郡国。据属县的计簿，郡守国相再编制郡的计簿，上报给朝廷，朝廷据此评定地方行政长官政绩。这种考评

地方官的方式战国时期就有，秦汉时期已经形成更为完备的制度。

④《春秋》：儒家的经书及儒家经典之一，记载了从鲁隐公元年（前722）到鲁哀公十四年（前481）的历史，是中国现存最早的一部编年体史书，史料价值很高。传统上认为《春秋》为孔子的作品，也有人认为是鲁国史官集体所作。《春秋》文字简短，记事中寓含褒贬，后世称这种写作方法为“春秋笔法”。

⑤史佚：周初史官。

⑥坐：因犯……罪。李陵（？—前74）：字少卿，陇西成纪（今甘肃省秦安县西北）人。西汉将领，名将李广之孙。曾率军深入匈奴，后因人少被围，矢尽粮绝，且等不到援兵，最终投降匈奴，准备伺机逃回汉朝。后来汉朝因为误会夷灭其三族，导致李陵与汉朝彻底断绝关系。李陵刚投降时，司马迁为其辩解，汉武帝怒而治其罪，处以宫刑。

⑦蚕室：引申指受宫刑的牢狱，代指宫刑。宫刑是我国古代五刑之一，是一种阉割男子生殖器、破坏女子生殖机能的酷刑。

译文

汉朝继承周代的史官制度，到武帝时，设置太史公。

太史公司马谈，家族世代担任太史。儿子司马迁，十三岁时，便让他乘着驿车走遍天下，访求古代各诸侯国的史书记载，接着孔子的《春秋》，记载世事，完成了史传一百三十卷，五十万字。司马谈死后，司马迁因为家族世袭此官也当上了太史公，地位仅次于丞相。各地郡县到京城呈上计簿，都先上呈给太史公，而把副本上呈丞相。太史公记事模仿古代的《春秋》笔法，司马氏本来就是古代周初史官史佚的后代。他写《景帝本纪》，极力叙说景帝的短处和武帝的过错，武帝发怒，将他写的删掉了。后来因为举荐李陵获罪，李陵投降了匈奴，司马迁被处以宫刑。他说了一些不满的话，被抓到监狱里处死了。宣帝将太史公这个官职改为太史令，只是履行太史公之前负责的文书事宜而已，而且不再用司马迁的子孙担任这一官职。

一四五　皇太子官

皇太子官称家臣[1]，动作称从。

注释

①家臣：本为春秋时期各国卿大夫的臣属，卿大夫家的总管叫宰，宰下又设有各种官职，总称为家臣。后亦泛指诸侯、王公的私臣。此处指皇太子的属官。

译文

皇太子的属官称作“家臣”，皇太子的行动作为称为“从”。

一四六　驰象论秋胡

杜陵秋胡者[①]，能通《尚书》[②]，善为古隶字[③]，为翟公所礼[④]，欲以兄女妻之。或曰："秋胡已经娶而失礼，妻遂溺死，不可妻也。"驰象曰[⑤]："昔鲁人秋胡，娶妻三月而游宦三年，休[⑥]，还家。其妇采桑于郊，胡至郊而不识其妻也，见而悦之，乃遗黄金一镒[⑦]。妻曰：'妾有夫，游宦不返，幽闺独处，三年于兹，未有被辱如今日也。'采不顾。胡惭而退。至家，问家人妻何在，曰：'行采桑于郊，未返。'既还，乃向所挑之妇也。夫妻并惭。妻赴沂水而死[⑧]。今之秋胡，非昔之秋胡也。昔鲁有两曾参[⑨]，赵有两毛遂[⑩]。南曾参杀人见捕，人以告北曾参母。野人毛遂坠井而死[⑪]，客以告平原君[⑫]，平原君曰：'嗟乎，天丧予矣！'既而知野人毛遂，非平原君客也，岂得以昔之秋胡失礼，而绝婚今之秋胡哉？物固亦有似之而非者。玉之未理者为璞，死鼠未腊者亦为璞[⑬]；月之旦为朔，车之辀亦谓之朔[⑭]，名齐实异，所宜辨也。"

注释

①杜陵：汉宣帝的陵邑。秋胡：人名，生平不详。

②《尚书》：亦称《书》或《书经》，儒家经典之一。"尚"即"上"，上古以来之书，故名。它

是中国上古历史文件和部分追述古代事迹的著作汇编，相传由孔子编选而成。西汉初存二十八篇，即《今文尚书》。后来又有从孔子宅壁中发现的《古文尚书》和东晋梅颐伪造的《古文尚书》两种。现在通行的《十三经注疏》本《尚书》，即是《今文尚书》与伪《古文尚书》的合编。《尚书》中保存有商周特别是西周初期的一些重要史料。

③古隶：书法上将秦隶称为“古隶”，汉隶为“今隶”。古隶是由小篆走向今隶的一种过渡字体。它的特点是把小篆粗细相等的均匀线条变为平直有棱角的横、竖、撇、捺、挑、勾等笔划，方便书写。与此同时，古隶放弃了小篆随实物画出来的象形文字的形体，由此，使得在秦代以前象形兼表义的文字转变为表义兼表音的文字，并且使得从这以后二千余年来的汉字形体开始定型。

④翟公：西汉下邽县（今陕西省渭南市东北）人，汉武帝时曾担任廷尉。

⑤驰象：人名，生平不详。

⑥休：休假。

⑦镒 yì：古代的货币单位。秦始皇统一货币时，黄金为上币，以镒为单位。但镒的重量说法不同，一说二十两为一镒，一说二十四两为一镒。

⑧沂水：水名，发源于山东省，流入江苏。

⑨曾参（前505—前436）：即曾子，春秋末年鲁国人。他是孔子的杰出弟子，以孝著名，被后世儒家尊称为“宗圣”。他积极推行儒家主张，传播儒家思想，其修齐治平的政治观，省身、慎独的修养观，以孝为本的孝道观对后世中国有很大的影响，至今仍有其积极意义。

⑩毛遂：原为平原君门下一个不知名的食客，后来秦围赵国，他自荐出行，跟随平原君向楚国求救，并且发挥了巨大作用，受到平原君的重用。

⑪野人：村野之人，农夫。

⑫平原君（？—前251）：嬴姓，赵氏，名胜，战国时期赵武灵王之子，赵国公子。曾担任赵相，门下有食客千人，为战国四公子之一。

⑬璞 pú：没有经过加工的玉；死老鼠的肉没有晒干也叫作璞。理：对玉进行加工。腊 xī：把肉晒干、晾干。

⑭辀 zhōu：车辕。

译文

杜陵县人秋胡，通晓《尚书》，擅长写隶书，被翟公礼遇。翟公要把哥哥的女儿嫁给他。有人说：“秋胡已经娶妻并且违反礼制，他的妻子就投水溺死，不能把女儿嫁给他。”驰象说：“从前有个鲁国人叫秋胡，娶了妻子才三个月，就外出做官，长达三年。休假的时候，他就回家。他的妻子在郊外采桑，秋胡走到郊外，但已经不认识自己的妻子了，见了她很喜欢，就送给她一镒黄金。妻子说：‘我有丈夫，在外做官没回来。我独自生活在幽深的闺房里，至今已经三年了，从没有受到像今天这样的侮辱。’继续采桑不回头。秋胡惭愧地离开了。到家后问家人妻子在哪里。家里人回答说：‘出去到郊外采桑，还没回来。’等到妻子回来，原来是刚刚所挑逗的那个女人。夫妻俩都感到羞愧，妻子投到沂水里死掉了。现在的秋胡，不是从前的秋胡。从前鲁国有两个曾参，赵国有两个毛遂。南边的曾参杀了人被抓了起来，有人跑去告诉北边曾参的母亲。野人毛遂掉到井里死了，门客中有人告诉了平原君，平原君叫道：‘啊呀，老天爷要了我的命啊！’不久知道是野人毛遂，不是平原君门客中的那个毛遂。怎么能因为以前的秋胡失礼，就拒绝把女儿嫁给现在的秋胡呢？事物原本也有表面相似而本质不同的。玉玦没有经过加工叫璞，死老鼠肉没有晒干也叫作璞。每月第一天叫作朔，车的辕也叫作朔，名称相同，实质却不一样，这是应当辨别的。”